U0127815

汉语视听说教材系列

看电影 学汉语 ②
LEARNING CHINESE THROUGH MOVIES

编　著　赵昀晖　刘晓雨

世界图书出版公司

北京·广州·上海·西安

图书在版编目（CIP）数据

看电影学汉语2：赵昀晖，刘晓雨编著.—北京：世界图书出版公司北京公司，2011.1
ISBN 978-7-5100-1792-6

I. 看... II. ①赵... ②刘... III. 汉语—对外汉语教学—教材 IV. H195.4

中国版本图书馆CIP数据核字（2009）第230787号

看电影学汉语②

出　版　人：	张跃明
编　著　者：	赵昀晖　刘晓雨
译　　　者：	赵　晗　张　南
责　任　编　辑：	陈晓辉　潘　虎
排　版　制　作：	北京悦尔视觉艺术有限公司

出　　　版：	世界图书出版公司北京公司
发　　　行：	世界图书出版公司北京公司
	（北京朝内大街137号　邮编：100010　电话：64077922）
销　　　售：	各地新华书店和外文书店
印　　　刷：	北京博图彩色印刷有限公司

开　　　本：	787mm×1092mm　1/16　印　张：9.5
字　　　数：	130千
版　　　次：	2011年1月第1版　2011年1月第1次印刷

ISBN 978-7-5100-1792-6/H·1161　　　　　　定　价：68.00元（含1张DVD）

前　言

　　电影由于故事紧凑、语言生动自然、画面感染力强，作为语言教学的辅助材料历来深受学生欢迎，不过由于版权、教学课时等条件的限制，编写电影教材并不十分容易。感谢世界图书出版公司北京公司和保利博纳电影发行有限公司的大力支持，使我们得以通过一批优秀的影片，向喜爱中国文化、致力于学习汉语的学习者提供一套电影教材。影片素材的选择主要基于以下的考虑：题材现实、人物生动、语言自然实用。在此基础上，我们精选的影片大多获得过多种奖项，能够较好地从多角度反映当代中国各个方面的社会生活。同时，根据我们多年从事对外汉语教学与教材编写的经验，设计了便于教学者和学习者操作及活泼实用的练习形式，形成了现在这样一套中高级对外汉语视听说教材。

　　本套教材共分两册，每册由6～7课组成，每课视频长度约20分钟，每课内容可用8课时左右完成。教材由剧情简介、人物简介、精选对白、泛视听练习、扩展阅读、语言练习6部分构成，具体使用建议如下：

　　"剧情简介"和"人物简介"可以帮助学习者在学习本课前对影片概况有个大致的了解；

　　"精选对白"全部实录台词，是学习的核心部分，每课大约4～6段。其中，（1）台词前面的问题是热身问题，也是该部分剧情的提示，学习者不需要了解影片的细节，只需要通过问题的提示，关注发生了什么故事即可；另外，在观看影片的时候，也可以形成自己的理解，为后面的讨论做准备。这部分练习需要观看视频1～2遍。（2）词语解释对应排列在台词右侧或下方以方便学习者使用，包括生词和语言点两部分，语言点包括短语和反映社会文化现象的词语。（3）台词后面的问题主要有两个目的：一是让学习者练习使用本课出现的新词语，同时理解影片故事的细节，具体通过回答问题、模仿表演等方法进行。二是对影片中的现象、观念进行讨论，对影片反映的某些社会文化进行深入理解的同时，与其他学习者进行交流，具体通过讨论、辩论、设想其他结局等方法进行。这部分练习也需要观看视频1～2遍；

"泛视听练习"不提供台词，对学习者的视听能力是个小小的挑战，但并不要求学习者掌握词语、语法等语言细节，而是让学习者的理解和口头表达更加开放自由；

"扩展阅读"的内容比较丰富，包括跟本课影片相关的影评、台词、歌词等，对进一步了解影片及其反映的社会文化有所帮助；

"语言练习"主要针对本课出现的词语和短语，通过强化练习进行巩固。

使用者可以视学习条件或需要决定是否观看整部影片。

本套教材由文本与DVD光盘两部分组成，两者紧密结合，相互衔接，需配合使用。

除了教材以外，我们还为教师提供了教学资源包，内容包括每部影片的发行时间、导演和主要演员介绍、影评、主题歌或插曲歌词、同题材影片链接等等，以方便教学者了解影片的背景，对学习者进行必要的指导。

总之，编者希望通过观看影片的方式和做听、说、读、写的各种练习，使学习者在汉语各个方面的语言能力得到加强，同时在了解中国社会文化方面得到深化。

我们衷心感谢保利博纳电影发行有限公司的大力支持，感谢世界图书出版公司北京公司总经理张跃明先生、总编郭力女士、编辑潘虎先生的通力协作，感谢赵晗、张南对全书进行英文翻译。希望喜爱汉语和中国文化的学习者从这套教材中获得帮助和乐趣。

编著者
2010年1月于北京大学

Foreword

Film, due to its capacity to be narratively powerful, graphically appealing, swift in tempo and vivid and natural in its use of language, has always been welcomed by language learners to supplement their studies. However, given such limitations as copyright issues, the sheer amount of material available, limited class hours, etc. compiling teaching material based on movies is by no means an easy task.

Thanks to the most generous support of Beijing World Publishing Corporation and Polybona Film Distribution Co., Ltd., through a selection of outstanding movies we may now offer such teaching material to students who are interested in Chinese culture and devoted to improving their knowledge of the Chinese language. In narrowing down and finalizing the selection, we gave particular emphasis to themes relating to real life, colorful characters and everyday plain-spoken language. Endowed with these qualities, most of the selected films have won various awards, and can effectively reflect modern Chinese society from a number of perspectives. On the basis of many years of experience in teaching Chinese to foreigners and compiling teaching materials, we have designed lively and practical exercises convenient both for teachers and students alike. The result is this series of teaching material for intermediate and advanced students.

There are two volumes, each consisting of 6-7 chapters, each chapter supported by approximately 20 minutes of video clips, and requiring about 8 class hours to complete. Each chapter is further divided into six parts, namely story introduction, character introduction, selected dialogue, extensive practice, reading exercise and vocabulary exercise. Recommendations for the use of each section are given below.

The story and character introductions allow learners to form a general idea of the movie before advancing to the core body of the text.

The selected dialogue section is the heart of each chapter, composed of selected parts of the movie's original script, faithfully keeping to the lines therein. Each chapter contains scripts for 4-6 scenes, with each scene dealt with in the following manner:

1. The exercises that appear before the script serve as a warm-up, dropping hints about the scene in question. This enables learners to better understand the scene without needing to be familiar with specific plot details, thus gearing them up for related discussion. The corresponding scene should be watched once or twice.

2. For convenience of use, new vocabulary and expressions are provided in the right-hand column alongside the script, also including phrases and words that reflect social and cultural phenomena.

3. The exercises that appear after the script serve two main purposes: first, to help students delve more deeply into the intricacies of the plot and grasp the new vocabulary by means of answering questions, re-enacting and so on; second, to encourage students to express and exchange their thoughts on the concepts and phenomena portrayed in the movie through discussion, debate, thinking up alternate endings etc. Again, the corresponding scene should be watched once or twice.

Extensive practice does not include sections of script, nor does it require students to conquer particular vocabulary or grammar points, but rather gently challenges them, requiring them to free up their thinking and work out their vocal chords.

The reading exercise sections are somewhat rich in content, including reviews on the movies in question, more selected dialogue, lyrics from the soundtrack etc. helping students further understand the movie and the social and cultural aspects it communicates.

Vocabulary exercises focus on consolidating the new words and expressions encountered in each chapter through intensive practice.

Whether the movies are viewed in their entirety or in part, should be decided according to study conditions and students'needs; the movies can be viewed during class under the teacher's guidance, or independently after class.

The teaching material is composed of the text and material on the DVD. The two are mutually complementary, and have been carefully designed to be used simultaneously

Additional resources are provided for teachers'use, including basic information on the movies such as release dates, introductions of directors and actors, film reviews, lyrics, suggestions for movies with similar themes, etc. in order to aid teachers in providing essential guidance.

Film, through language and visual expression, presents us with rich content, with each movie unique in its own right. As for whether teaching material should highlight cultural content or language skills, in our opinion it's not a zero sum game-one need not be emphasized above the other. Herein, we provide students with a possibility: by watching movies, students should be able to strengthen their command of the Chinese language and significantly further their insight into Chinese culture and society. The teacher is free to select, emphasize and leave out specific parts of the material according to students'needs, and may explore beyond the course set in the textbook as they see fit.

We would wish to sincerely thank Polybona Film Distribution Co., Ltd, for their generous support. Our heartfelt gratitude is extended to general manager Zhang Yueming, editor-in-chief Guo Li and editor Pan Hu at Beijig World Publishing Corporation for their valuable cooperation. Finally, we convey our thanks to Zhao Han and Zhang Nan for carrying out the English translation. We sincerely hope that students passionate about the Chinese language and culture may not only benefit from, but also find delight in this set of teaching material.

The Editor,

Peking University, January 2010

目　录

Contents

Lesson One

第一课

新 *New Police Story* 警察故事

剧情简介
Story Introduction

《新警察故事》为《警察故事》系列的最新续集。

荣是警队中的传奇，几乎包办了警区内所有大案，破案率高达百分之百。然而所有的一切都在以祖为首的犯罪五人组抢劫了银行金库之后被打破了，他们在犯罪之后竟然主动按响警铃，公然挑战警方。荣要在三小时内还以颜色，带领九人精英直闯贼窝，整队人被逐一捕杀。荣虽死里逃生，但内心自疚，遂与女友分手，酗酒度日。

精于胡吹瞎说的锋一心渴望做警察，但碍于家庭背景的关系未能如愿。一天，凭着胡混蒙骗，他竟成为荣的搭档！没想到荣在这个冒牌警察的激励下逐渐振作，最后与匪首祖约定单对单地进行决战……

Wing is a legend in the police force. He has solved almost all the major case in his precinct, but his impeccable record is broken when Joe leads a five-membe gang and takes down bank heist. To taunt the police, Joe's gang rings the alarm afte their score. When Wing takes nine officers and raids Joe's hideout, his entire team i ambushed and massacred. Wing, the only survivor, lives with this guilt, breaks up wit his girlfriend, and spends his days drinking.

Fung, a blowhard, wishes to be a police officer, but is frustrated due to his famil background. One day, he bluffs his way into working as Wing's partner. To everyone' surprise, Wing returns to normal with the encouragement of the imposter Fung, and i the end Wing challenges Joe to a one-on-one showdown…

人物简介
Character Introduction

荣 （成龙饰）

警队中的传奇，几乎包办了警区内所有大案，破案率高达百分之百。在一次匪徒公然挑战警方的犯罪行动中，荣发誓要在三小时内还以颜色，带领九人精英直闯贼窝，整队人被逐一猎杀。包括女友可颐的亲弟弟也未能幸免。荣虽死里逃生，惭愧内疚令他和可颐日渐疏远，最终分手。

Wing is a legendary cop with a perfect record of solving cases. During an operation against bank robbers, Wing swears to catch the criminals within three hours, but his team of nine officers are massacred, including the brother of Wing's girlfriend. Wing survives, but cannot escape the guilt. He grows estranged from his girlfriend, until eventually they break up.

锋 （谢霆锋饰）

出身市井，大话连篇，但却一直渴望当上正义的化身——警察。一次偶然的机会，遇上警队偶像荣，但没想到他已沦落成终日酗酒，无所作为的碌碌之辈。锋为令荣再度振作，也为了满足自己当警察的心愿，假称是上司委给荣的新拍档，逼他复职重查前案，在与荣的合作中，发现了匪首的特点，终于捕杀成功，也令荣重新振作。

Fung is a veteran blowhard who longs to become a police officer. One day he meets his hero Wing, who has now become quite despondent drunk. Fung pretends to be Wing's newly appointed partner, and plods Wing to re-open the bank robbery case. During their cooperation, Fung and Wing discover the weakness of the head criminal, and finally brings him to justice.

祖 (吴彦祖饰)

自幼被父亲虐打，而父亲又是警察，因此从很小的时候起祖就极端痛恨警察，专门做与警察对着干的犯罪行动，做一个要让警察头疼的犯人。一方面他是由于父亲的疏忽与严厉造成这种过激的性格，但实际上内心里又极度渴望得到父亲的关爱。

Joe is a career criminal who has grown up under the abuse of his father, who is a police officer. Since childhood, Joe has harbored a hatred for cops, and he makes a career out of being a headache for the police. While Joe's character formed because of his father's negligence and abuse, he longs to have a father figur in his life.

可颐 (杨采妮饰)

护士，荣的女友。在劫案发生前，她温柔活泼的性格正与荣互补，只要荣发脾气，她即可机智地化解。但是劫案发生后，弟弟死了，荣也因为内疚渐渐远离了她，但她心里仍然忘不掉荣，一直在等他回头。

Ho Yee is a nurse who was Wing's girlfrien She resolved the conflicts wittily when Wing g angry, because Ho Yee's personality is very gentle, cheerful and lively which was very complementary with Wing's. But after the robbery, Wing broke up with her for his deeply guilt about her brother's death, however, Ho Yee can't forget him and is still waiting for him all the time.

精选对白
Selected Dialogue

一 阿荣见森哥
Wing Meets Sam

看一看 说一说
Watch and discuss.

（1）匪徒们听到荣警官在电视中的讲话有什么反应？
How do the criminals react upon hearing Wing's speech on TV?

（2）森哥有什么不良嗜好？
What is Sam's bad hobby?

读一读 练一练
Read the dialogue and do the exercises below.

荣：三个小时！警方很有信心在三小时内，捉到这帮匪徒。而他们挑衅警方的行为，我相信他们是一帮极幼稚的乌合之众！我向广大市民保证，警方一定能够把这帮无耻之徒绳之以法！

荣：怎样，没事吧？

Jocky：森哥。

森：差一点就买单了。我真想快点出院，亲手抓那帮混蛋。

荣：放心吧，今晚就把他们一网打尽！

森：你有线索？

荣：我的线人查到他们躲在哪儿。

挑衅 tiǎoxìn / v. / to challenge

幼稚 yòuzhì / adj. / naive

乌合之众 wūhé zhī zhòng / n. / mob

无耻之徒 wúchǐ zhī tú / n. / a shameless person

绳之以法 shéng zhī yǐ fǎ / v. / to bring sb. to justice

一网打尽 yī wǎng dǎjìn / v. / to catch every member of a group in one operation (in one act)

线索 xiànsuǒ / n. / clue

森：很明显，他们有预谋，故意拿我
们警察当枪靶。阿荣，通知飞虎队。

荣：你刚认识我陈国荣？我就是飞虎队。

Jocky：放心吧，森哥，我们这些兄弟，
比飞虎队强多了。

森：对，你们这帮家伙。

荣：阿森，财务公司今天派几个地痞
上去找你。

森：放心吧，那笔债我搞定了，没事。

荣：那就好，兄弟有困难尽管说，帮
得到我会帮。

森：知道。阿荣，对付那帮混蛋，
千万别手软！他们是疯子！

荣：能溜出来，今晚和我出来喝酒，
明天要是没事，回警局认人。

森：阿荣，我最欣赏的就是你的自信心。

荣：出院戒赌啊！

预谋	yùmóu / n. / premeditation
枪靶	qiāngbǎ / n./ target
地痞	dīpǐ / n. / hoodlum
债	zhài / n. / debt
手软	shǒuruǎn / adj. / soft-hearted

1. 请不看台词，完成下列填空。

   Fill in the blanks without reading the dialogue.

   (1) 三个小时！警方很有信心在三小时内，捉到这帮（　　　　）。而
   他们挑衅警方的（　　　　），我相信他们是（　　　　）极幼稚
   的乌合之众！

   (2) 警方一定能够把（　　　）无耻之徒绳之以法！

   (3) 阿荣,对付那帮（　　　）,千万别（　　　）！ 他们是（　　　　）！

2．读台词，回答问题。

Read the dialogue and answer the following questions.

（1）从阿荣的言谈举止中，可以看出他是个什么样的人？

From what you can tell from Wing's mannerisms, what kind of a person is he?

（2）他跟阿森的关系怎么样？

What and how is Wing's relationship to Sam?

（3）阿森遇到了什么问题？

What problem has Sam encountered?

看电影学汉语

二 阿荣与女友见面
Wing Meets His Girlfriend

看一看 说一说
Watch and discuss.

（1）阿荣在电话亭站着的目的是什么？

What does Wing want standing at the phone booth?

（2）阿锋去阿荣女朋友家里是为了做什么？

Why does Fung visit Wing's girlfriend?

读一读 练一练
Read the dialogue and do the exercises below.

荣：喂？

锋：陈长官，是我。

荣：又是你，别再烦我了。

锋：我在你女朋友家里。

荣：她家？有事啊？

锋：有事，当然有事了。

荣：她有什么事？

锋：没事我打电话给你干吗？

荣：她怎么样了？

锋：你赶紧来啊。

荣：你别走开，我马上来。

锋：哇，好香啊！

可颐：放点橄榄油进去更香呢。尝一
尝，小心烫！

锋：嗯，行啊！

可颐：当然！

烦　fán / v. / to bother, to bug

橄榄油　gǎnlǎnyóu / n. / olive oil

锋：戒指我交给他了，他一看到戒指，吓呆了，其实他很在乎你，不过那件案子，他始终过不了自己。

可颐：喂？喂？找哪位呀？喂？
锋：干吗不进来啊？进来坐啊！
荣：你在这里干吗？
锋：你叫我做的事我做了，你想甩我？那，你叫我买的，两百多啊，另加插伤我眼睛，五百块。
可颐：我以为你不记得了。
锋：蛋糕是陈长官选的，我负责速递。Hanppy birthday to you... 大好日子，笑笑嘛。生日应该许个愿，吹蜡烛。我……忘了关门。
可颐：进来坐。

可颐：东西再不吃就凉了，写什么呢？
荣：没什么。
可颐：我知道你在写什么，抱歉嘛。
荣：为什么不扔掉它？
可颐：干吗要扔掉？就算东西扔掉了，也扔不掉回忆啊。
荣：我知道你不会原谅我。
可颐：这是你的想法。我是护士，我整天都在想，想念一个人有得治吗？你说呢？
荣：有。见到你想念的人。
可颐：如果见不到呢？如果见不到，就会随着时间变成回忆。
荣：我明白！我不原谅我自己！

呆 dāi / adj. / dumbfounded
始终 shǐzhōng / adv. / from beginning to end, throughout

插 chā / v. / to pierce, to poke

速递 sùdì / n. / express delivery

许愿 xǔyuàn / v. / to make a wish

1. 读台词，回答问题。

   Read the dialogue and answer the following questions.

   （1）可颐跟阿荣说的话是想表达什么意思？阿荣接受了吗？

   What does Ho Yee want to express to Wing? Does Wing accept it?

   （2）阿荣为什么不接受可颐的感情？

   Why does Wing not accept Ho Yee's love?

2. 表演。

   Acting.

   请三人一组分别扮演片段中的三个角色，表演影片中的情景。

   Work in groups of three and pick three characters from the movie. Enact a scene from the movie.

三 阿锋与警务处长打赌破案
Fung Takes a Bet with the Inspector

看一看 说一说
Watch and discuss.

（1）阿荣回来后，大家对他的态度怎样？

When Wing returns, how does everyone treat him?

（2）阿锋说他要跟谁破案？

According to Fung, who will he work with to solve the case?

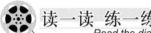

读一读 练一练
Read the dialogue and do the exercises below.

处长：哎，大家来看看，我们的大
　　　英雄回来了。怎么，这次回
　　　来，想拿什么奖？你还有脸回
　　　来？这儿的人不欢迎你，你知
　　　道吗？

锋：哇，谁在说话？警务处处长？

处长：你是谁啊？

锋：编号1667，长官！

处长：没大没小的！跟谁的？

锋：我奉命调过来查亚洲银行那
　　　件劫案的，长官。

处长：我怎么没听说过，有人调过来
　　　跟我呢？

锋：我没说跟你，我跟陈长官。

处长：这个案子，我是最高指挥官，
　　　没他什么事。

荣：是啊，你跟他吧。

奉命　fèngmìng / v. / to take an order

调　diào / v. / to re-appoint, to be
　　re-appointed

劫案　jié'àn / n. / robbery

锋：我特地调过来跟你破这个案子的，你叫我跟这个白痴？

处长：他能破案吗？小子，看来得给你讲讲陈长官的故事。上一次他带了我们九个兄弟去查案，结果九个兄弟全死光了，你知道吗？站在这里的不是失去同学就是失去战友，他们没份扶灵也有份鞠躬啊，就是因为他的自大！你们说，谁应该负责？

锋：明白！但是我也知道，在亚洲银行劫案之前，所有到陈长官手上的案子，没有破不了的，他今天回来，是要办好手上的案子。如果你害怕陈长官回来破案比你快，在大家的面前，你下不了台的话，我非常地理解，长官！

处长：好，我特别批准你们俩查这案子。看看谁先破案！

锋：赌什么？

处长：谁输了，磕头认错！

锋：我奉陪。

处长：你够资格吗？

锋：陈长官……

荣：我不赌！

锋：陈长官，人家话已经说了。

荣：如果谁输了，以后就别当警察。

处长：站住！说定了！

锋：说定了！

锋：哎，我们去哪儿查？

荣：回家睡觉。

锋：什么？我们在跟人家打赌呀！

特地	tèdì / adv. / especially
白痴	báichī / n. / idiot
破案	pò'àn / v. / to solve a case

扶灵	fúlíng / v. / to serve as a pallbearer
鞠躬	jūgōng / v. / to bow
自大	zìdà / adj. / arrogant, conceited

| 下不了台 | xiàbùliǎotái / adj. / unable to get out of an embarrassing situation |
| 批准 | pīzhǔn / v. / to approve |

磕头	kētóu / v. / to kowtow
奉陪	fèngpéi / v. / to keep sb. company, to be game about sth.
资格	zīgé / n. / qualification

| 打赌 | dǎdǔ / v. / to take a bet |

荣：我们输定了。

锋：那你还赌？

荣：我没打算当警察。

锋：拜托你老兄，我在跟你呀。

荣：为什么你一定要查这个案子？
你是谁呀？

锋：编号1667。

荣：还有呢？

锋：编号 1667。我是阿光的弟弟。
记不记得你以前的部下阿光？
我是他的弟弟，我要抓住那帮
匪徒！

1. 请读台词，回答问题。

Read the dialogue and answer the following questions.

（1）为什么警务处长说这里的人不欢迎阿荣？

Why does the police inspector say that Wing is not welcomed here?

（2）阿锋如何介绍自己？他为什么一定要参与破案？

How does Fung introduce himself? Why does he insist on taking part in solving the case?

（3）为什么最后处长批准锋、荣查劫案？

Why does the inspector finally approve Wing and Fung to work on the case?

（4）他们打赌的赌注是什么？

What are the stakes in the bet?

四 阿祖的家庭
Joe's Family

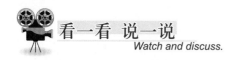
看一看 说一说
Watch and discuss.

（1）阿祖的父亲是做什么的？
What does Joe's father do for a living?

（2）阿祖小时候父亲如何对待他？
How does Joe's father treat him when Joe is young?

?

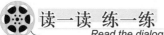
读一读 练一练 *Read the dialogue and do the exercises below.*

祖爸：哈，你还知道回家？说，昨
晚上哪儿去了？我到处找你。

祖妈：我去谈生意了，关你什么事？

祖爸：你是我老婆呀，我连你都管
不了，我怎么管香港警队？

祖妈：哼，你算什么？一个废物！
你不就是一个穿制服的吗？
你以为人家给你面子？人家
是给我老爸面子！还好儿子
不像你，整天就知道装蒜！
总警司？了不起呀？

祖爸：你胡说什么你？我能有今天
的成就，全靠自己的努力？
你才是废物，儿子就像你！

祖妈：说什么你？

祖爸：全让你宠坏了！

谈生意 tán shēngyi / v. / to have a
business meeting

制服 zhìfú / n. / uniform

面子 miànzi / n. / face

装蒜 zhuāngsuàn / v. / to make
apretence, to bluff

胡说 húshuō / v. / to talk nonsense

成就 chéngjiù / n. / accomplishment

宠 chǒng / v. / to pamper, to spoil

祖妈：你教过儿子吗？你更糟，就知道动手动脚！

祖爸：起来！起来！废物！几点了，你看看都几点了？每天就知道上网、花钱！老子是总警司，你把我的脸丢光了！你这样子，一点都不像我！废物！

祖妈：阿祖啊，用不着管你爸爸，今天不想上班那就别上了，妈给你钱，拿着，你喜欢去哪儿玩就去哪儿玩，OK？

祖爸：最近市民投诉警务人员，在执行职务的时候态度欠佳，我再一次郑重声明，警务人员执行或者处理职务的时候，最重要的是：合情、合理及合法。所以，我向各位市民保证，一旦出现问题，警方一定会公正、公开、公平地处理。

动手动脚　dòngshǒu dòngjiǎo / v. / to get physical with sb.

投诉 tóusù / v. / to lodge a complaint
欠佳 qiànjiā / adj. / unsatisfactory
郑重 zhèngzhòng / adv. / solemnly
声明 shēngmíng / v. / to state

1. 读台词，回答问题。
   Read the dialogue and answer the following questions.

   (1) 阿祖的母亲对父亲的态度是什么样的？
       What is Joe's mother's attitude towards his father?

   (2) 从台词中可以看出为什么母亲对父亲是这样的态度？
       Judging from the dialogue, why does mother treat father this way?

2. 请从这一段电影分析一下阿祖走向犯罪道路的原因。
   Analyze how Joe begins a life in criminal activities.

泛视听练习
Extensive Practice

1. 请看电影片段讨论和回答下面的问题。
   Watch selected parts of the movie and discuss the following questions.

   (1) 阿荣和阿锋如何遇到阿森？
      How do Wing and Fung meet Sam?
   (2) 阿森有没有告诉阿荣实情？
      Does Sam tell Wing the truth?
   (3) 阿森临死前说出了什么实情？
      What is the truth that Sam tells before he dies?

扩展阅读
Reading Exercise

《新警察故事》——成龙大哥的翻身仗

　　《新警察故事》不仅是成龙英皇电影公司的处女作，更是成龙《80天环游世界》票房惨败后的"翻身之作"，大家慨叹，香港电影又捡回了成龙的风采。

　　《新警察故事》讲述的是兄弟情以及成龙与杨采妮的爱情。成龙演的是一个人性化的警察，完全不同于以前的"超级英雄"形象。大家将首次看到成龙大哥在银幕上也有受制于人、跪地求情的委屈时刻，在《双雄》中有出色表现的陈木胜导演信心十足地表示：我不仅要通过这部戏展示成龙的功夫，还要挑战成龙的演技。

　　《新警察故事》没有延续成龙以往的动作喜剧片，而是一部动作剧情片。荣是警队中的传奇。锋（谢霆锋饰）是典型新一代，整天混在游戏机铺，精于胡吹瞎说，是个不折不扣的大话王。他虽因家庭背景做不成警察，却整天渴望当上正义的化身。一天，梦竟成真，化身青年干探，蒙骗了荣。在一次战斗中荣几乎牺牲了所有的属下，这令他从此一蹶不振，天天酗酒。但最终他仍然凭借着不屈的意志追查到了本世纪最凶狠的匪徒，观看过此片的人形容，看到这里，大家不由地联想到周润发当年在《英雄本色》里所饰演的角色小马哥后来恢复斗志时的感受。

此次成龙新片一改以往的轻松风格，大谈感情，这样的改变观众是否能迅速接受，成龙面临着考验。但据同时发行过《无间道》系列的保利博纳发行公司总经理于冬说：他对这部片很有信心，是近年来香港片中最好的，甚至超过《无间道》。

成龙驰骋影坛二十多年来，动作喜剧的风格一直没变过。1999年，他曾想转型拍言情片，但《玻璃樽》的票房不理想，观众对他的"白马王子"形象并不欢迎。于是他又转回老路，后来又去好莱坞发展。他以为在好莱坞会开拓出一片新天地，没想到西方大片对他优势的发挥远不如香港电影，以致近几年不断重复自己，观众口味也越来越挑剔，使得他的票房一部不如一部，成龙变成了一个空名头。

语言练习
Vocabulary Exercise

1. 请写出下列生词的反义词

   Give the antonyms to the following words

   （1）幼稚——

   （2）自大——

   （3）郑重——

2. 请说出下列词语的意思

   Give the meanings of the following expressions

   （1）装蒜 _____

   （2）下不了台 _____

3. 请用下列成语填空。
   Fill in the blanks with the idioms given.

| 一网打尽　绳之以法　乌合之众　动手动脚 |

(1) 干警们发誓要把一切犯罪分子（　　）。

(2) 看看这支队伍，乱七八糟的，简直就是一群（　　）。

(3) 这次行动将所有制假售假的工厂（　　）了。

(4) 这个人总是跟人（　　）的，显得特别不老实。

Lesson Two

第二课

父 子
After This Our Exile

剧情简介
Story Introduction

阿宝有一个沉迷于赌博的父亲，母亲因忍受不了而离家出走，这让原本脾气不好的父亲更加暴躁不安。穷困潦倒之余，父亲又遭到了高利贷追债，父子俩只得逃到一家廉价的旅店。失意的父亲想抛下阿宝，但他还没有离开就已经被前来追债的人打得腿断。重伤的父亲让阿宝去向母亲、去向邻居借钱。阿宝不肯去，却选择了偷走人家的东西，而父亲不但不阻止，还鼓励甚至逼迫他去偷，阿宝在恐惧与失望中艰难度日。终于有一天，阿宝偷窃被人发现，怯懦的父亲无法挽救，反而抛下被痛打的儿子悄然离去。父子在儿童管教所中再次相见，阿宝对父亲发出了愤怒的质问。

Abao's mother runs away when her husband's gambling goes out o control. This further infuriates the already irritable father. Driven by the lon sharks, Abao and his father hide in a cheap inn, where the despondent fathe tries to abandon Abao. Before he has the opportunity, the father is beaten b the debt collector and suffers a broken leg. The seriously injured father ask Abao to borrow money from his mother and his neighbors. Instead of followin his father's instructions, Abao opts for stealing. The father encourages an even forces Abao to continuing stealing. Abao spends his days in fear an hopelessness until one day he is caught in the act. The cowardly father slinks of as the son is beaten. When father and son see each other again in the correctiona facility, Abao angrily confronts his father.

人物简介
Character Introduction

周长胜（郭富城饰）

一个脾气暴躁、沉迷于赌博的父亲，他一次一次地向家人保证会努力改正，要给家人带来幸福，但一次一次地令家人失望。

Zhou Changsheng is an irascible father and a gambling addict who makes repeated promises to reform himself in order to bring happiness to his family and who, time and again, lets his family down.

阿莲（杨采妮饰）

一个爱着丈夫和儿子的母亲，因为对前途失去希望，曾在另一段感情中挣扎，最终选择离开父子，找到了自己的幸福，但内心一直存有忧伤。

A lian is a loving mother and wife. Losing all faith in the future, she has an affair, and eventually leaves her family for her own sake. She feels a lasting guilt for what she has done.

阿宝（吴景滔饰）

一个懂事善良的孩子，因为父亲的不争气和母亲的离开，失去了家庭和应有的教育，最终因偷盗被管教。不过他天性善良，积极用自己的行动弥补过失，心里的父子亲情也从来没有失去过。

Abao is a nice, precocious child who loses his family and education to his father's gambling and his mother's leaving. He is sent to the correctional facility because of stealing. He makes up for his mistakes with good intentions and deeds, and he cherishes a special bond with his father.

精选对白
Selected Dialogue

一 争吵
The Quarrel

看一看 说一说
Watch and discuss.

（1）爸爸对妈妈和阿宝的态度怎么样？
How does father treat mother and Abao?

（2）爸爸妈妈吵架的时候阿宝在干什么？
What is Abao doing when his parents are quarreling?

读一读 练一练
Read the dialogue and do the exercises below.

爸爸：你告诉我，去哪里？要离家
　　　出走？

妈妈：你说什么？谁说我要离家出走？

爸爸：你东西都收好了，还说不是要
　　　走？要不是阿宝来告诉我，我
　　　连老婆走了都不知道。

妈妈：你有当我是你老婆吗？你什么
　　　时候当我是你老婆了？我生阿
　　　宝的时候，你在哪里？我为了
　　　阿宝去陪酒，你在哪里？

爸爸：你跟我翻旧账*啊？

妈妈：你不要忘了，我们根本还没
　　　有公证，没名没分的！

根本 gēnběn / adv. / at all

公证 gōngzhèng / v. / to certify

名分 míngfèn / n. / status

*翻旧账：找出过去的错误来批评。

爸爸：你现在想怎么样？你干吗要
走？我现在对你不好吗？

妈妈：你还是不明白，我现在不是
要走，我们有太多的问题解
决不了。

爸爸：你说啊，有什么解决不了的？
阿宝，你说！你妈为什么要走？

妈妈：发什么神经？这关阿宝什么事？

爸爸：那你说！

妈妈：我不知道要怎么样跟你说。
五年了，你还想我怎么样？
一直在帮你收拾烂摊子，我
不想再过这样的日子了。

爸爸：所以你就要走？

妈妈：我很累，你知不知道？我想
出去闯一闯，多赚点钱。

爸爸：你不用这么现实吧？你嫌我
穷，就可以连儿子都不要了，
是不是？我有给你家用的。

妈妈：你拿去赌，剩下那么一点钱
给我，够吗？阿宝从小到
大，是谁在照顾他？

爸爸：所以你就要离开我？你老老
实实告诉我，你外面是不是
有男人？

妈妈：我只是想去跳机*。

（电话响）

爸爸：阿宝，你去接。

阿宝：喂？哦，爸，找你的。

爸爸：喂，又有什么事啊？我当然有
事啦，总之就是有事。关你屁
事！你不会叫小张先看着？

妈妈：你改改你的脾气，脾气这么

发神经 fā shénjīng / v. / to go nuts

烂摊子 làntānzi / n. / awful mess

闯 chuǎng / v. / to roam the world

嫌 xián / v. / to dislike

家用 jiāyòng / n. / family expenses

赌 dǔ / v. / to gamble

剩 shèng / v. / to put aside

总之 zǒngzhī / adv. / anyway

屁 pì / n. / nothing (used for negation
　　or blame)

脾气 píqi / n. / temper

机：到外国非法打工。

坏。你想怎么样？

爸爸：进去！我叫你进去就进去！

妈妈：放开我！开门！干吗把我关
起来！

爸爸：因为我不相信你！你站着干
什么？还不上去学？你不要
去了，留在家里看住你妈，
给我看好她！

1. 读台词，根据提示词语回答下面的问题。

Read the dialogue and answer the following questions according to the phrases given.

(1) 妈妈为什么要离开家？

Why does mother want to leave home?

（闯　赚）

(2) 妈妈不喜欢爸爸什么？

What does mother dislike about father?

（赌　烂摊子　照顾　脾气）

2. 讨论。

Discuss.

(1) 爸爸妈妈在阿宝面前吵架，你觉得怎么样？

What do you think about the parents quarreling in front of Abao?

(2) 妈妈觉得爸爸的问题解决不了，在这种情况下，你有什么方法？

Mother thinks there's nothing she can do to father. Do you have any ideas to solve
the problem?

二 再给我一次机会
Give Me Another Chance

看一看 说一说
Watch and discuss.

(1) 爸爸拿刀想做什么？

What does father want to do with the knife?

(2) 妈妈希望爸爸改掉坏习惯，爸爸同意吗？

Mother wants father to give up on his bad habit. Does father agree?

读一读 练一练
Read the dialogue and do the exercises below.

妈妈：你怎么回来了？

爸爸：回来陪你啊。哎，换衣服。

妈妈：去哪里？

爸爸：出去逛逛。

妈妈：不去，我怎么出去？昨天在街上拉拉扯扯，我怎么有脸出去？

爸爸：还提这些做什么？换衣服吧。喂，什么事啊？又怎么啦？我有说过不还吗？还没到期嘛。昨天？你们有没有搞错？我有说过昨天吗？不要跟我开玩笑了。后天，可以可以，帮帮忙，放心，我怎么敢不还你们？就后天了。

哎，还睡啊？你对我还有什么

逛 guàng / v. / to take a walk

拉拉扯扯 lālāchěchě / v. / to push and shove, to be involved in a brawl

放心 fàngxīn / v. & int. / to rest reassured, don't worry

　　不满？说出来，不要给我脸
　　色看*嘛。

妈妈：没什么好说的。

爸爸：那好，起来。

妈妈：出去干吗？逛街吃饭要花
　　钱，你现在很多钱吗？

爸爸：这是什么？

妈妈：你有钱就先还你的债。

爸爸：我是想对你好吧？给我一次
　　机会好不好？

妈妈：我给你太多机会了，又怎么
　　样呢？

爸爸：以前都别提了。

妈妈：你当然不想提了，借了那么
　　多高利贷，每次都是我帮你
　　还，要不是我跟霞姐借钱，
　　你早就被人砍死了。我对你
　　好，你知不知道？

爸爸：我知道是我不好，都已经过去
　　了，还提这些做什么呢？好
　　了，起来。我真的这么坏吗？
　　我对你好你不理我，对你不好
　　你又离开我，你是存心为难我
　　吗？我有什么不好的？

妈妈：你没什么不好，你样样都好。

爸爸：你又想说什么？好，我们现
　　在去公证。

妈妈：算了，真的公证了，你还是
　　一样。

爸爸：阿莲，你老实说，你外面是
　　不是有男人？他是谁？

妈妈：神经病！我不是说我要去跳
　　机吗？

不满 bùmǎn / n. / complaint

债 zhài / n. / debt

高利贷 gāolìdài / n. / high-interest loan

砍 kǎn / v. / to chop

存心 cúnxīn / adv. /intentionally

为难 wéinán / v. / to put sb. on the spot

---

*给……脸色看：用脸上的表情告诉别人心中的不满。

爸爸：你一个人去跳机？你人生地不熟*的，怎么跳机啊？

妈妈：要跳就跳了。

爸爸：我不信，如果被我知道他是谁，不管是谁，我发誓砍死他全家！

妈妈：你还是不相信我，我要走，早就走了。当初你一走了之，我有去找别的男人吗？要是我真有的话，你也不可以怪我！

爸爸：我不是很明白，再说一次。

妈妈：你说什么？我都说没有，你这么不相信我，我们分手算了！

爸爸：你是不是不爱我了？

妈妈：不是我爱不爱你，是你不爱我们了。

爸爸：我当然爱你们了。

妈妈：你每次都说爱我们，我根本感觉不到，你怎么证明？怎么证明？

爸爸：说来说去，你就是嫌我烂赌，好，我就在你面前斩手指戒赌！

妈妈：你疯了你？把刀放下！

爸爸：你嫌我烂赌吗？你不要后悔！我烂赌，我烂赌吗？你要我怎么样？阿莲，你跟我说，你要我怎么证明？我不相信你没有爱过我。

妈妈：以前我跟你走的时候，连家都不要，我真的很爱你。我

发誓 fāshì / v. / to swear, to take an oath

当初 dāngchū / adv. / at that time

一走了之 yīzǒuliǎozhī / v. / to solve forget all problems by running away

怪 guài / v. / to blame

说来说去 shuōlái shuōqù / adv. / after all

斩 zhǎn / v. / to chop sth. off

戒 jiè / v. / to quit, to abstain

后悔 hòuhuǐ / v. / to regret

---

*人生地不熟：第一次到某地，不认识那里的人和地方。

跟着你，只是想过得好一点，
你答应过我的，你还记得吗？
阿胜，我只是想要一个幸福快
乐的家，这会很难吗？

爸爸：我答应你，再给我一次机会，
我说真的。

1. 读台词，根据提示词语回答下面的问题。

   Read the dialogue and answer the following questions according to the phrases given.

   (1) 爸爸打电话说的是什么事？

   What is father talking about on the phone?

   （ 到期　　还（钱）　　敢 ）

   (2) 妈妈对爸爸有什么不满？

   What does mother worry about?

   （ 高利贷　　债　　砍 ）

   (3) 对妈妈的不满，爸爸是怎么回答的？

   How does father respond to mother?

   （ 斩　　戒　　答应 ）

2. 讨论。

   Discuss.

   你知道有什么戒赌的方法吗？

   Do you know any ways to treat gambling addiction?

三 妈妈、爸爸
Mother and Father

看一看 说一说
Watch and discuss.

(1) 妈妈现在的生活怎么样？阿宝对她的态度好吗？
How is mother's life? Is Abao good to his mother?

(2) 阿宝回到家，爸爸对他怎么样？
What does father do to Abao when he goes home?

读一读 练一练
Read the dialogue and do the exercises below.

妈妈：还要不要？阿宝，这里也是你的家。

阿宝：这里不是我的家，是你的家。

妈妈：你还在怪妈妈？我其实有想要带你一起走。你爸他现在怎么样？还有没有每天去赌？

阿宝：爸爸说他很快就会有工作。

妈妈：希望如此。

阿宝：爸爸炒菜这么好吃，很多人都要请他的。

妈妈：你回去会不会告诉你爸我住在这里？我不希望让你爸爸知道，你不要跟他讲好不好？来，阿宝，进来嘛，这些宝宝可不可爱？你看，你

宝宝 bǎobao / n. / baby

也在这里啦。

阿宝：你回去啦好不好？你跟我们一起啦。

妈妈：你压到我的肚子了。阿宝，不要这样。

压 yā / v. / to press

阿宝：你肚子痛啊？

妈妈：不是，是有个小宝宝在里面，你快当哥哥了。

阿宝：我恨你！

恨 hèn / v. / to hate

妈妈：阿宝，你不要这样，妈妈会很伤心的。

阿宝：我要回爸爸那里。

爸爸：你去哪里了？好的不学，学你妈一声不吭就跑掉了！我到处找你，你知不知道？你去哪里了？你哑了？我问你昨晚去哪里了？你说话！你哑了？昨晚去哪里了？

一声不吭 yī shēng bù kēng / v. / to be silent

哑 yǎ / adj. / mute

阿宝：我去找妈妈。

爸爸：去找你妈？你知道她在哪里？

阿宝：在新山。

爸爸：新山那么远，你怎么去？

阿宝：是隔壁阿姨带我去坐巴士车的。

隔壁 gébì / n. / next door

爸爸：你妈一个人住吗？

阿姨 āyí / n. / aunt

阿宝：她结婚了。

巴士 bāshì / n. / bus

爸爸：结婚了？她跟谁结婚啊？

阿宝：我不知道。

爸爸：你不知道？你又说你妈结婚了。

阿宝：你打我干什么？我真的不知道嘛！

爸爸：贱人*！原来真的跟人跑了，搞什么？被她骗了这么久！

骗 piàn / v. / to cheat

*贱人：骂女人的话。

阿宝：爸，你去叫妈妈回来啦。

爸爸：那个男人怎么样的？

阿宝：穿西装的。

西装 xīzhuāng / n. / suit

爸爸：穿西装？是不是很讨厌？

讨厌 tǎoyàn / adj. / disgusting

阿宝：不像你，比你还好看。

爸爸：你不要乱说！

阿宝：是真的，他是比你好看。

爸爸：你还说！你妈真笨，这么容易相信人，以后一定会被人骗的。穿西装又怎么样？会比我好吗？

阿宝：妈妈说，叔叔对她很好。

爸爸：新婚的时候当然好了，改天这个家伙露出真面目，你妈就后悔了。真搞不懂你妈。那个家伙真的比我好吗？

家伙 jiāhuo / n. / guy

露 lòu / v. / to expose

面目 miànmù / n. / face

1. 读台词，根据提示词语回答下面的问题。

   Read the dialogue and answer the following questions according to the phrases given.

   (1) 阿宝对妈妈的态度是什么？

   What does Abao think of his mother?

   （ 怪　　恨 ）

   (2) 爸爸对妈妈现在的生活是怎么想的？

   What does father think of mother's life now?

   （ 骗　　笨　　后悔 ）

2. 讨论。

   Discuss.

   你会理解妈妈的选择吗？说说理由。

   Do you understand mother's choice? Give your reasons.

四 父子

Father and Son

看一看 说一说

Watch and discuss.

（1）爸爸让阿宝做什么？

What does father ask Abao to do?

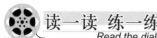

读一读 练一练

Read the dialogue and do the exercises below.

爸爸：你这样也不敢，那样也不敢，你到底想怎么样？这样吧，你到屋里先躲起来，等所有人都睡了再出来，好不好？我再说一次，你听好了，你进去，赶快进房间里去，找个柜子藏起来，等所有人都睡了你再出来拿东西，明不明白？

阿宝：明白。

躲 duǒ / v. / to hide

柜子 guìzi / n. / wardrobe
藏 cáng / v. / to hide

1. 读台词，根据提示词语回答下面的问题。

Read the dialogue and answer the following questions according to the phrases given.

爸爸是怎么教阿宝偷东西的？

How does father teach Abao to steal?

（躲　　柜子）

2. 讨论。

Discuss.

请你从下面几个不同的方面，说说偷东西的原因可能是什么？每个方面给出两个关键词。

What are the reasons why someone becomes a thief? Consider the following aspects in your answer. Please give two keywords for each aspect.

（1）个人　　（2）家庭　　（3）社会

泛视听练习
Extensive Practice

1. 请看电影片段讨论和回答下面的问题。
   Watch selected parts of the movie and discuss the following questions.

   (1) 在这一段里，你有没有听到爸爸以前常说的一句话？
       Have you heard a sentence that father says very often?

   (2) 阿宝对爸爸做了什么？为什么？
       What does Abao do to his father? Why?

   (3) 你认为爸爸以后会怎么做？
       What do you think father will do in the future?

   (4) 请你设想一下阿宝长大以后会做什么？
       Imagine what Abao will do when he grows up.

   (5) 找来这部电影，看看结尾是怎么说的。
       See the movie and find out how the story ends.

扩展阅读
Reading Exercise

1. 影片的开头是一首歌，请阅读下面的歌词，说说你觉得为什么导演要给电影选这首歌。
   Read the lyrics to the song that opens the movie. Discuss why the director chooses to feature this song.

You are My Sunshine
你就是我的阳光

The other night, dear, as I lay sleeping	亲爱的，又是一个晚上，我渐渐睡去
I dreamed I held you in my arms	在梦境中我把你拥入怀中

But when I awoke, dear, I was mistaken	亲爱的，可当我醒来，我又弄糟了
So I hung my head and I cried	我哭泣，我又陷入了这感情的难题
You are my sunshine, my only sunshine	你就是我的阳光，我唯一的阳光
You make me happy when skies are gray	当天空乌云密布时是你使我快乐
You'll never know, dear, how much I	亲爱的，你从未明了，我是多么
love you	的爱你
Please don't take my sunshine away	请别带走我的阳光
I'll always love you and make you happy,	如果你的言语一贯如一
If you will only say the same	我会一直爱你，让你快乐
But if you leave me and love another,	可是若你离开了我，爱上了他人
You'll regret it all some day	你就会懊悔所有那些一起的时光
You are my sunshine, my only sunshine	你就是我的阳光，我唯一的阳光
You make me happy when skies are gray	当天空乌云密布时是你使我快乐
You'll never know, dear, how much I	亲爱的，你从未明了，我是多么的
love you	爱你
Please don't take my sunshine away	请别带走我的阳光
You told me once, dear, you really	亲爱的，曾经你告诉过我，你真的
loved me	爱着我
And no one else could come between	并且没有其他人可以介入我们之间
But not you've left me and love another	可是没有，你留下了我，爱上了他人
You have shattered all of my dreams	是你粉碎了我所有的美梦
You are my sunshine, my only sunshine	你就是我的阳光，我唯一的阳光
You make me happy when skies are gray	当天空乌云密布时是你使我快乐
You'll never know, dear, how much I	亲爱的，你从未明了，我是多么的
love you	爱你

Please don't take my sunshine away	请别带走我的阳光
In all my dreams, dear, you seem to leave me	亲爱的，在我所有的梦境中，你似乎离开了我
When I awake my poor heart pains So when you come back and make me happy	当我从痛苦贫乏的内心醒来 因此，当你回到我的身边，再次使我快乐时
I'll forgive you, dear, I'll take all the blame	亲爱的，我将原谅你，我会接受所有对我的责罚
You are my sunshine, my only sunshine You make me happy when skies are gray You'll never know, dear, how much I love you	你就是我的阳光，我唯一的阳光 当天空乌云密布时是你使我快乐 亲爱的，你从未明了，我是多么的爱你
Please don't take my sunshine away	请别带走我的阳光

语言练习
Vocabulary Exercise

1. 请给出下面词语的正确解释，并用它们各自说一句话。

   Please give the correct meaning of the following terms and expressions, and use them each in a sentence.

   （1）发神经

   （2）有没有搞错

（3）开什么玩笑

（4）收拾烂摊子

（5）关你（我/他）什么事

（6）给……脸色看

（7）人生地不熟

2. 给下面的动词写出两个合适的词语。
Use the following verbs to construct proper phrases.

嫌：～家里乱　　　　　剩：～下的饭菜

逛：～商店　　　　　　赌：～钱

还：～书　　　　　　　怪：～他

戒：～烟　　　　　　　骗：～我

3. 用指定的词语完成下面的句子或对话。
Complete the following sentences or dialogues with the phrases given.

（1）A：我找小张，你知道他在哪儿吗？

　　　B：＿＿＿＿＿＿＿＿＿＿＿＿＿＿＿＿＿＿＿。（根本）

（2）A：我和男朋友又吵架了，你说怎么办？

　　　B：＿＿＿＿＿＿＿＿＿＿＿＿＿＿＿＿＿＿＿。（总之）

（3）A：这么晚了，孩子还不回来，打个电话问问吧。

　　　B：＿＿＿＿＿＿＿＿＿＿＿＿＿＿＿＿＿＿＿。（放心）

（4）A：开会用的材料你准备好了没有？

　　　B：＿＿＿＿＿＿＿＿＿＿＿＿＿＿＿＿＿＿＿。（早就）

（5）A：家里没有菜了，我们出去吃吧。

　　　B：＿＿＿＿＿＿＿＿＿＿＿＿＿＿＿＿＿＿＿。（算了）

(6) A：我已经告诉过你了，这样做不会有好结果的。

　　B：＿＿＿＿＿＿＿＿＿＿＿＿＿＿＿＿＿。（说来说去）

(7) A：时间不早了，我们就谈到这儿吧。

　　B：＿＿＿＿＿＿＿＿＿＿＿＿＿＿＿＿＿。（改天）

Lesson Three

第三课

人鱼朵朵

The Shoe Fairy

剧情简介
Story Introduction

朵朵出生的时候，老天没有给她一双可以走路的脚。有一天，她接受了手术，终于能够走路，并获得了她生命中的第一双鞋，从此之后，她就像被鞋子下了魔咒，不停地搜集美丽的鞋。

长大后的朵朵，到了出版社上班，经过神秘画家的介绍，她认识了一位"微笑"牙医，经过交往与他结了婚，从此他们就过上了快乐的日子，不过朵朵的特殊爱好也给他们的生活带来了不少的麻烦。

一次车祸又让朵朵失去了脚，也让她对生活失去了希望。在丈夫和朋友的关心和帮助下，朵朵渐渐明白了什么是应该真正拥有的，什么是可以放弃的。鞋子曾经是她唯一的美梦，后来几乎成为她的噩梦，最后她也通过鞋子打开了一个更大的世界。

Duoduo came into this world with a pair of feet that could not move. Later, after surgery, she learns to walk, and gets the first pair of shoes in her life. Since then she becomes spellbound with shoes, and goes on a mission to collect pretty footwear.

The grown-up Duoduo works at a publishing house. She meets a dentist through a blind date, and eventually marries him. They live a happy life together despite Duoduo's abiding love for shoes.

A traffic accident deprives Duoduo of her feet again as well as her hopes for good life. With the help and care of her husband and friends, she gradually comes to understand what she really needs and what is expendable. Shoes have once been her only dream, a dream that has turned into a nightmare. Ultimately, shoes open the door to a wider world for her.

人物简介
Character Introduction

朵朵（徐若瑄饰）

温柔亲切，富于幻想，因为童年的经历疯狂
也爱上各种鞋子，收集鞋子给她带来无穷的欢乐，
也给她带来巨大的伤害，在生活的甜蜜和痛苦中，
也明白了爱的意义，也找到了真正的快乐。

Duoduo is a tender, loving girl full of fantasies.
She develops an obsession with various shoes as an
aftermath of a traumatic childhood, but collecting
shoes brings her not just joy, but also unspeakable hurt.
Through her bittersweet life experience she comes to understand the true meaning of
love, and finds real joy.

维孝（周群达饰）

他是一个工作认真、心地善良的牙
医，真心地爱着朵朵。在他的关心和帮
助下，朵朵发现了生活中的种种美好。

Weixiao is an earnest and conscientious
dentist. He loves Duoduo, and with his loving
care, Duoduo discovers the beautiful aspects
of life.

精选对白
Selected Dialogue

一 小朵朵
Little Duoduo

 看一看 说一说
Watch and discuss.

（1）朵朵常常和爸爸妈妈做什么？
What does Duoduo often do with her parents?

（2）她能出去玩吗？为什么？
Is Duoduo able to play outside? Why?

 读一读 练一练
Read the dialogue and do the exercises below.

（画外音）

从前从前，有一个小女孩，叫做朵朵。她是一个受到大家疼爱的小女孩。

（妈妈给朵朵读童话书）

小朵朵常常猜想：被烧死的老巫婆，是不是就变成一块黑黑的，烤焦的肉。

（爸爸给朵朵读童话书）

其实小朵朵是一个不能走路的孩子。

小朵朵每天最快乐的时光就是睡前的枕边故事：惨死的巫婆、大野狼、公主或国王。

疼爱	téngài / v. / to love, to pamper	
童话	tónghuà / n. / fairy tale	
猜想	cāixiǎng / v. / to guess	
巫婆	wūpó / n. / witch	
焦	jiāo / adj. / singed	
枕	zhěn / n. / pillow	
惨	cǎn / adj. / disastrous	
野狼	yěláng / n. / wolf	
公主	gōngzhǔ / n. / princess	
国王	guówáng / n. / king	

妈妈：小朵朵，喝牛奶喔。

朵朵：我要看上面那本书。

妈妈：上面那本等你长大再看好不好？那你先看这本。赶快喝牛奶哦。

朵朵：我要看《人鱼公主》。

（画外音）

因为小美人鱼跟她一样，想要一双可以走路的脚。

1. 读台词，根据提示词语回答下面的问题。

   Read the dialogue and answer the following questions according to the phrases given.

   （1）朵朵最大的乐趣是什么？为什么？

   What is Duoduo's greatest joy? Why?

   （枕边　　故事）

   （2）朵朵为什么喜欢《人鱼公主》？

   Why does Duoduo like *The Little Mermaid*?

   （跟……一样）

2. 讨论。

   Discuss.

   因为朵朵不能走路，每天听童话，她的性格是什么样的？

   Duoduo is unable to walk and has to read fairy tales everyday. What is her character?

看电影学汉语

二 长大的朵朵
The Grown-up Duodu

看一看 说一说
Watch and discuss.

朵朵最大的爱好是什么？
What is Duoduo's biggest hobby?

读一读 练一练
Read the dialogue and do the exercises below.

（画外音）

　　小朵朵慢慢长大，变成朵朵，她长成一个亭亭玉立的女生，走路的样子和一般人没什么不同。不过，若要真的仔细去比较，她走路的样子和一般人还是有所不同的，因为"有耐心"医生把她的骨骼调整得非常笔挺，脚型也很修长，也因此，她偶尔得去医学研讨会上，像实验用的小白兔一样被展示出来，甚至还出国比赛，哦，不是，是出国研讨呢。

　　是的，当年喜欢听童话故事的小小人鱼公主，变成一个非常喜欢买鞋子的女生，而且她不管穿什么鞋子都那么好看，如果不把那双试穿过的鞋子买下来，鞋子就好像要哭出来一样。

亭亭玉立 tíngtíng yù lì /adj. / (of a women) fair, slim, and graceful

若要 ruòyào / conj. / if

仔细 zǐxì / adj. / carefully

耐心 nàixīn / n. / patience

骨骼 gǔgé / n. / bone

调整 tiáozhěng / v. / to adjust

笔挺 bǐtǐng / adj. / straight

型 xíng / n. / style

修长 xiūcháng / adj. / slender

偶尔 ǒu'ěr / adv. / occasionally

研讨会 yántǎohuì / n. / symposium

实验 shíyàn / n. / experiment

展示 zhǎnshì / v. / to show

反正朵朵不必照顾别人，把赚来的钱都自己花掉也没关系，日子过得也挺自在的，在这纷纷扰扰的世界，美丽的鞋子是唯一的天堂。又是朝九晚五*的一天，一双漂亮的新鞋会带来一整天的好心情。过去那些后来就不了了之的男朋友，也曾称赞过她的鞋子好看，但这种事情对一般男生来说，没有任何实质上的意义。他们宁可去帮车子洗澡，跟车子说话。

赚 zhuàn / v. / to earn

自在 zìzài / adj. / free

纷纷扰扰 fēnfēnrǎorǎo / adj. / confusion

唯一 wéiyī / n. / only

天堂 tiāntáng / n. / paradise

不了了之 bùliǎo liǎo zhī / v. / to fizzle out

称赞 chēngzàn / v. / to praise

任何 rènhé / n. / any

实质 shízhì / n. / essence

意义 yìyì / n. / meaning

宁可 nìngkě / conj. / would rather

*朝九晚五：早上九点上班，晚上五点下班。

1. 读台词，根据提示词语回答下面的问题。

   Read the dialogue and answer the following questions according to the phrases given.

   (1) 朵朵为什么这么喜欢买鞋子？

   Why does Duoduo like to collect shoes so much?

   （ 修长　　不管 ）

   (2) 鞋子对朵朵来说是什么？

   What do shoes mean to Duoduo?

   （ 天堂　　一整天 ）

2. 讨论。

   Discuss.

   (1) 鞋子对朵朵的生活来说非常重要。你有没有可以"带来一整天的好心情"的东西？

   Shoes are very important to Duoduo. Do you also have something that can "bring you a happy day"?

（2）男孩子和女孩子各自喜欢别人称赞自己什么？他们的性格有什么
不同？由此可以说明一般他们各自擅长什么？

What kinds of praise do boys and girls like to hear respectively? What's the
difference between boys and girls? What are boys and girls good at?

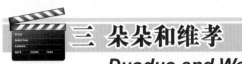

三 朵朵和维孝
Duoduo and Weixiao

看一看 说一说
Watch and discuss.

(1) 第一次约会，维孝送给朵朵什么礼物？为什么？
What gift does Weixiao give to Duoduo at their first date? Why?

(2) 朵朵用维孝送的礼物做什么？为什么？
What does Duoduo do with Weixiao's present? Why?

读一读 练一练
Read the dialogue and do the exercises below.

维孝：真的不好意思，第一次你来看诊的时候，因为你的鞋子太漂亮了，所以吓了一大跳。我从来就不知道原来有人可以把鞋子穿得那么漂亮。

朵朵：真是不好意思，后来鞋子还打到你的头。

维孝：原来漂亮的鞋子也会打头。

朵朵：是啊，还有很多好漂亮的鞋子还会打脚呢。……是"小天使"铅笔吗？

维孝：打开来看看。

朵朵：其实我小时候脚有一点问题，不能走路，那时候很害怕，以为长大以后要像人鱼

看诊 kàn zhěn / v. / to see the doctor

吓一跳 xiàyītiào / v. / to startle

从来 cónglái / adv. / ever

天使 tiānshǐ / n. / angel

铅笔 qiānbǐ / n. / pencil

公主一样，用自己的声音去向老巫婆换一双新的脚，所以小时候就常常练习"如果巫婆出现了该怎么办，该说什么"："巫婆你好，我是小朵朵，我的声音很难听，可不可以用别的东西跟你换一双新的脚？"然后巫婆就说："是蛮难听的，可是你可以拿什么来交换呢？""我现在还小，什么都没有，可是我可以帮你做家事，我可以帮你整理魔法书，帮你擦魔镜，帮你梳扫把的毛，帮你种苹果树。"然后巫婆又说："那万一你长大后突然有一天，你的声音变好听了，我可以那个时候再来交换你的声音吗？"

维孝：后来呢？

朵朵：后来爸爸妈妈就带我去医院动手术，睡了一觉就好了。

（画外音）

后来朵朵和维孝就把一辈子没对别人说的话一口气全说完了。

蛮　mán / adv. / quite

魔法　mófǎ / n. / witchcraft
魔镜　mójìng / n. / magic mirror
梳　shū / v. / to comb
扫把　sàobǎ / n. / broom
万一　wànyī / adv. / if by any chance
突然　tūrán / adv. / suddenly

后来　hòulái / n. / later

手术　shǒushù / n. / operation

一辈子　yībèizi / n. / whole life
一口气　yīkǒuqì / n. / without a break

1. 读台词，根据提示词语回答下面的问题。

　Read the dialogue and answer the following questions according to the phrases given.

（1）朵朵小的时候常常练习什么？为什么？

　What does Duoduo practice often when she is a child? Why?

　　（害怕　　换）

（2）朵朵的脚是怎么好的?

How do Duoduo's feet heal?

（ 手术 ）

（3）朵朵和维孝的关系怎么样?

Are Duoduo and Weixiao close to each other?

（ 一辈子　　一口气 ）

2．讨论。

Discuss.

说说小的时候你有没有什么害怕的事。

Is there anything you were afraid of when you were a child?

四 幸福的生活
The Happy Life

看一看 说一说
Watch and discuss.

（1）婚后的生活有什么麻烦？

What kind of trouble do they have in their married life?

（2）维孝想让朵朵有新的爱好，他们去做了什么？结果怎么样？

Weixiao wants to help Duoduo develop new hobbies. Where do they go? What is the result?

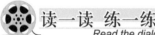

读一读 练一练
Read the dialogue and do the exercises below.

（画外音）

这么幸福快乐的日子，真是没得挑剔呀，若真的要仔细去挑剔的话，那就是……偶尔也会发生这种状况……鸡蛋里挑骨头的话……朵朵真的买太多鞋子了！我们也不能因此责怪维孝的眼睛有问题。

维孝：你穿的那些鞋子真的很好看，真的很漂亮。你买鞋子的费用也不会让我们的经济状况造成什么压力，可是我们的小房间快要放不下了。

朵朵：是啊，可是那些美丽的鞋子，我就是忍不住。

造成　zàochéng　/ v. / to bring about

压力　yālì　/ n. / pressure

忍不住　rěn bú zhù　/ adj. / cannot help doing sth.

事实上，你也穿不了那么多的鞋子。

朵朵：有时候我还会想，如果我有四只脚该有多好！

维孝：你要不要试试看，不要再买那么多的鞋子？只是试试看嘛，或许这样也是可以的。

或许　huòxǔ / adv. / perhaps

朵朵：是啊，那么我试试看好了。我鞋子真的很多。

维孝：就算有八只脚也穿不完。

就算　jiùsuàn / adv. / even if

（画外音）

是啊，这么多的鞋子，就算分给一大群黑色的羊和白色的羊，也穿不完吧？朵朵不再去买新鞋，维孝带朵朵去看鸟。

群　qún / mw. / group

（维孝和朵朵看鸟）

维孝：你喜欢看鸟吗？鸟跟鞋子都一样啊，有很多颜色。

朵朵：嗯，如果有看到鸟，应该会蛮好玩的吧？

维孝：还是你比较喜欢去动物园？

长颈鹿　chángjǐnglù / n. / giraffe

河马　hémǎ / n. / hippopotamus

孔雀　kǒngquè / n. / peacock

老虎　lǎohǔ / n. / tiger

（维孝和朵朵在动物园）

维孝：动物园有长颈鹿、河马、孔雀、老虎、狮子、北极熊、黑豹。

朵朵：还有企鹅。

狮子　shīzi / n. / lion

北极熊　běijíxióng / n. / polar bear

黑豹　hēibào / n. / black leopard

企鹅　qǐ'é / n. / penguin

1. 读台词，根据提示词语回答下面的问题。

   Read the dialogue and answer the following questions according to the phrases given.

   (1) 朵朵的鞋子带来什么问题？

   Explain the trouble that Duoduo's shoes bring about.

   （ 压力　　　放不下　　　就算 ）

   (2) 朵朵怎么解释她买鞋子的原因？她希望什么？

   What does Duoduo say is the reason why she buys so many shoes? What is her wish?

   （ 忍不住　　　如果……该多好 ）

2. 游戏：少了谁？

   Game: Who's Missing?

   准备台词中提到的动物的照片，拿出其中 5 张给大家看 5 秒钟，然后在背后拿走其中两张，让大家看余下的 3 张并说出少了什么动物。可以分组比赛。

   (1) Prepare pictures of the animals mentioned in the text.

   (2) Show five of them to everyone for five seconds.

   (3) Take away two of them and show the remaining three to everyone.

   (4) Tell who's missing as soon as possible.

   (5) Try to have a match between some groups.

泛视听练习
Extensive Practice

1. 请看电影片段讨论和回答下面的问题：

   Watch selected parts of the movie and discuss the following questions.

   （1）朵朵在什么地方工作？

   　　Where does Duoduo work?

   （2）她的老板是一个怎么样的人？请用 5 个形容词来描述一下他。

   　　How is Duoduo's boss? Use five adjectives to describe him.

扩展阅读
Reading Exercise

　　下面是一个搞笑的《人鱼公主》剧本，请阅读后继续编剧，和朋友们表演一下。

　　This is a parody of *The Little Mermaid*. Please continue the plot in Chinese and try to play it with your friends.

> 　　在蓝色的海底，住着可爱的人鱼公主。她每天都过着快乐的日子：按摩、健身、练瑜珈、唱卡拉OK……有一天：
>
> 侍女：公主，发生了可怕的事情！海上有一艘船遇难了。
> 公主：哎呀，会不会造成污染哪！我得去看看，可是我没有脚啊。对了，去问问巫女吧，也许她有办法。
>
> （公主来到了巫女的小房子）
> 公主：可爱的巫女，可以给我一双美丽的脚吗？
> 巫女：呃，这个……

公主：你是我见过最美丽、最善良的亚女了！求你了……

亚女：可爱的公主啊，你的嘴真甜，我就打个折，8000美元，怎么样？

公主：啊！经济危机让我的家产都贬值了，再便宜一点儿呗？

亚女：那么就按人民币算吧。不过，我们还得做个游戏，你要是能赢了我，我才能给你。

公主：什么游戏？

……

语言练习
Vocabulary Exercise

1. 把左边的词语和右边的词语搭配起来。

Connect the matching words so that the finished phrases make logical sense.

(1) 疼爱　　　　　　　a. 压力

(2) 西装　　　　　　　b. 修长

(3) 身材　　　　　　　c. 孩子

(4) 仔细　　　　　　　d. 心情

(5) 造成　　　　　　　e. 手术

(6) 动　　　　　　　　f. 挑选

(7) 调整　　　　　　　g. 笔挺

2. 选词填空。

Fill in the blanks with the right words.

| 猜想　　自在　　唯一　　突然　　挑剔　　责怪 |

(1) 这是我 _____ 的一次机会。

(2) 吃饭的时候她总是很 _____，这个也不好吃，那个也不好吃。

（3）刚才不知道他看见了什么，_____ 就跑出去了。

（4）事情已经发生了，不要 _____ 他了，赶快想想怎么办吧。

（5）我看见那个孩子一个人玩得很 _____，一点儿也不害怕。

（6）昨天他就已经很不舒服了，我 _____ 他今天不会来了。

3. 用指定的词语完成下面的句子或对话。
   Complete the following sentences or dialogues with the phrases given.

（1）A：你们常常打电话吗？

  B：_____。（偶尔）

（2）A：你不想去看看这个电影吗？

  B：_____。（宁可）

（3）A：你知道杂志上的这个城市在哪儿吗？

  B：_____。（从来）

（4）听完他说的话，_____。（忍不住）

（5）A：听说明天天气不太好，你就不要出去了吧。

  B：_____。（就算）

Lesson Four
第四课

头 *Initial D*
文字D

剧情简介
Story Introduction

　　藤原拓海是一个普通高中三年级学生，拥有天才般的驾车技术，但性格内向，不善言辞，与开豆腐店的爸爸生活在一起。每天清晨由家中驾车帮忙送豆腐到客人手中。某日因在送豆腐的路上无意地胜过了号称群马县最快的公路赛车团体中排名第二的车手高桥启介而声名大噪。无名小卒拓海以旧式的86打响名号后，开始了公路赛车手的生涯。拓海的爱车"86"名称由来是这辆车的引擎型号为AE86，原是家中豆腐店用来送货的，车龄已经超过10年，屡获胜利的原因在于拓海高超的驾车技术，才超越了其他性能比86还要好的对手车。在对战过程中，拓海的心智也不断成长，与父亲的关系也由最初的冷漠变为了最后的相互理解和支持。

　　Fujiwara Takumi is an ordinary high school student in his third year. He is a genius driver but not much of a talker, and he lives with his father, who runs a tofu store. Every morning Takumi delivers his father's tofu to customers by car. One day he finds himself in a race against Takahashi Keisuke, second-in-rank in the so-called "fastest road racing group" in Gunma Prefecture. Takumi wins the race with his old car, and makes himself known in the racing circle. He starts a career in road racing, and names his car Eighty-six based on the engine's model number, AE86. Through the process of competition, Takumi grows up, and changes his estranged relationship to his father into one of mutual understanding and support.

人物简介
Character Introduction

藤原拓海（周杰伦饰）

群马县县立高中的学生。性格内向，不爱出风头。每日除了上学之外，就是帮助开豆腐店的爸爸把新鲜的豆腐送到客人手中。但是在送豆腐的路程中，他练就了一身高超的驾车技术。最爱的事情就是每天驾车漂移，梦想着拥有自己的一辆赛车。他默默地喜欢着一个女同学，但不敢表白。在一次偶然间赢了公路赛车后，他的生活也发生了改变。

Fujiwara Takumi: A high school student in Gunma Prefecture. He is an introvert, and spends his day attending school and delivering fresh tofu to customers. He develops sophisticated control over his car, and loves to "drift around" on a daily basis, dreaming of having his own race car. He secretly admires a girl but hesitates to express his crush. An accidental victory in a road race changes his life.

茂木夏树（铃木杏饰）

群马县县立高中的学生。她容貌清纯可爱，与拓海从小一起长大，男生们都很喜欢她，拓海也一直暗中喜欢她，但她内心只喜欢拓海。一直以来，她与Mr. X私下里进行援助交际，被拓海发现后，渐渐与之疏远。

Natsuki Motegi: A high school student in Gunma Prefecture. A childhood friend of Takumi's, she grows up to be the object of admiration for all boys. Takumi has a crush on her, too. Natsuki only likes Takumi, but eeps a secret cash-based relationship with Mr. X. After learning about it, Takumi ools his heart for Natsuki.

藤原文太（黄秋生饰）

拓海的爸爸。在拓海的眼中，他终日醉酒，无心打理豆腐店，并且时常骂拓海，与拓海的关系不合。多年前，他是秋名山一带的最著名的漂移之神，车技高超。但自从拓海的妈妈离开后，即开始自暴自弃。最后，在儿子和朋友的影响下，重又振作。

Fujiwara Bunta: Takumi's father. In Takumi's eyes, Bunta is a drunk who frequently beats his son, and mismanages the tofu store. Father and son have a troubled relationship. In fact, Bunta has once been the most famous God of Drifting for his generation, but since Takumi's mother leaves, Bunta has slacked off. With the help of his son and his friends, Bunta starts a new life.

立花裕一（钟镇涛饰）

文太年轻时的飙车伙伴，但技术不好。他经营着一家加油站，非常宠爱自己的独生儿子。同时，他也对文太和拓海的个性了如指掌，后来在他的帮助和鼓励下，好友文太重新振作，开始指导儿子拓海赛车。

Tachibana Yuichi was Banta's racing partner when they were young, but his racing skill is not so good. He runs a gas station and loves his only son very much. At the same time, he knows Banta and Takumi very well, with his help and encourages, his hail-fellow Banta bounces back and starts to teach Takumi to be a top racing driver.

精选对白
Selected Dialogue

一 拓海和父亲
Takumi and Father

看一看 说一说
Watch and discuss.

（1）拓海在山路上开车是去做什么？

Where is Takumi driving to in the mountains?

（2）你觉得拓海的父亲是个怎样的人？

What kind of a person do you think Takumi's father is?

读一读 练一练
Read the dialogue and do the exercises below.

拓海：我回来了。都几点了？ 文太：老婆，帮我换内裤。臭小子，干嘛偷我的内裤？去哪儿呀？ 拓海：我上学去啦。 文太：上学？放暑假上什么学？整天不露面，天晓得在哪儿鬼混？是女装？	内裤　nèikù / n. / boxers, briefs 鬼混　guǐhùn / v. / to slack off

1. 请用至少5个动词描述一下拓海在山路上驾驶汽车的情景。

   Use at least five verbs to describe the scene in which Takumi is driving on mountain roads.

2. 请用至少5个动词描述一下拓海见到父亲之后的动作。

   Use at least five verbs to describe how Takumi reacts upon seeing his father.

二 夏树的出现
Natsuki Makes Her Appearance

 看一看 说一说
Watch and discuss.

（1）拓海对夏树的感情怎样？
How does Takumi feel about Natsuki?

（2）夏树是个什么样的女生？
What kind of a girl is Natsuki?

 读一读 练一练
Read the dialogue and do the exercises below.

女生：等会儿去看电影吗？

夏树：不去了，我还要兼职。

兼职 jiānzhí / v. / to hold more than one job

拓海：喂，你干吗？

阿木：二年 B 班，木夏树，今天白色。

拓海：很有趣吗？

阿木：紧张什么，跟她很熟？

熟 shú / adv. / familiar

拓海：不是啊。

阿木：不是？听说你上个星期为了她，跟隔壁班的大狼狗吵了一架。

隔壁 gébì / n. / next door

拓海：开工了。

阿木：对啊，我也要去提款了。

开工 kāigōng / v. / to start working

提款 tíkuǎn / v. / to withdraw money

男：刚才那些人是你同学？

夏树：嗯。

男： 看来不像好人，飞车党？

夏树： 不是，他们只是放学在油站
　　　做兼职，他们工作很辛苦的，
　　　一个月只不过赚十万日圆。

男： 上次我给你的钱都用完了吧？

夏树： 谢谢你一直以来照顾我跟我妈
　　　妈，我们用不了那么多。

男： 你这么乖，是你应得的。

飞车 fēichē / v. / to race cars

油站 yóuzhàn / n. / gas station

赚 zhuàn / v. / to earn

应得 yīngdé / v. / to deserve

1、读台词，然后两人一组复述台词。

Read the dialogues, and work in pairs to repeat the lines.

（1）阿木和拓海

Amu and Takumi

（2）夏树和男人

Natsuki and the man

三 拓海车技练成过程
Takumi Learns His Skills

看一看 说一说
Watch and discuss.

（1）拓海开车上秋名山做什么？

Why does Takumi drive to Mt. Akina?

（2）到最后拓海来回一趟秋名山要多久？

Later, how long does it take for Takumi to make a roundtrip to Mt. Akina?

读一读 练一练
Read the dialogue and do the exercises below.

裕一：	想不到你一把年纪，还挺棒的。
文太：	你是不是要我露两手给你看看？
裕一：	我是说，你前天晚上跑赢GTR那件事呀。
文太：	那个不是我呀，我很久没到秋名山去送货了。
裕一：	那，这几年，我见鬼了？
文太：	是拓海那臭小子。
裕一：	拓海？
文太：	五年前，有一天晚上，我痔疮犯了，疼得我，哇，长得这么大颗出来。我就叫那个臭小子替了我一晚上。
裕一：	那时候他才念初二！
文太：	怕什么？秋名山，凌晨四点多，黑乎乎的，鬼影子都看不到一

棒 bàng / adj. / good, excellent

露两手 lòuliǎngshǒu / v. / to show a trick or two

痔疮 zhìchuāng / n. / hemorrhoids

个，就由他开个够吧。起初
呢，他四点钟出门，大概是，
嗯，五点半回来的。然后呢，
一年之后，他试过五点一刻回
来，有时候五点，再过两年，四
点半就回来了。

裕一： 半个小时来回，还加上送货？

文太： 嗯，他啊，现在跑一趟秋名
山，大概是……四分半钟。

裕一： 拓海他真的一次意外都没有？

文太： 当然不是一次意外也没有。有
一次赶着回家睡觉，拼命地踩
油门，豆腐全都碎了。

把它放好了，一滴也别洒
出来，不然你今晚不要回来。
走吧。

刚开始要两个钟头才能回
来，后来就一个半钟头，一个
月后就一个钟头，接着变半个
钟头，唉，都懒得管他用多少
时间了。

裕一： 你儿子这么厉害，这样吧，过
几天，你就叫他跟 GTR 那小
子再斗一圈，大不了油费我出。
我年轻那时候，你们就叫我废
物，想不到现在我儿子比我还
废。你知道啦，我九代单传，
就这么一个儿子，如果有什么
三长两短的话……

文太： 重新生一个喽。

裕一： 喂，臭豆腐——GTR 那件事怎
样？今晚这账怎么算？臭豆腐，
王八蛋，给我拿把剪刀来！

起初 qǐchū / adv. / at first

意外 yìwài / n. / accident

油门 yóumén / n. / gas pedal

碎 suì / v. / to break up, to fragment

洒 sǎ / v. / to splash

懒得 lǎndé / v. / not be in the mood to

废物 fèiwu / n. / good-for-nothing

单传 dānchuán / v. / (the family line) to be continued/passed on by only one son pergeneration

三长两短 sāncháng liǎngduǎn / n. / accident

1．请读台词回答问题。

　Read the dialogue and answer the following questions.

（1）拓海一次开车把豆腐弄碎了之后，爸爸怎样对他？爸爸又想出了什么办法训练他？

　　When Takumi squishes the tofu while driving, how does his father treat him?

　　What ways does father come up with to train Takumi?

（2）阿木的爸爸打算让拓海做什么？他为什么这么做？

　　What would Amu's father like Takumi to do? And why?

2．讨论。

　Discuss.

（1）拓海在爸爸打了他之后，做了一个什么动作？表明他在这之前和之后对爸爸的感情是怎样的？

　　After receiving a beating from his father, what does Takumi do? What does this reveal about the change in his attitude towards his father?

四 拓海与高桥约定赛车

Takumi and Takahashi Ecide to Have a Race

Watch and discuss.

（1）拓海开车的时候在想什么？

What is on Takumi's mind when he is driving?

（2）拓海与高桥约定什么时候比赛？

What time do Takumi and Takahashi agree to have a race?

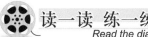

Read the dialogue and do the exercises below.

夏树：人最重要是找到属于自己的世界，只有找到属于自己的世界，人生才有意义。如果你肯努力的话，将来一定有机会成为世界级的赛车手。拓海，我想赛车才是真正属于你的世界。

高桥：这么早送豆腐？

拓海：你的车坏了？

高桥：坏？我在改车。你忘了我说要跟你跑一圈的吗？

拓海：我还没答应你哟。

高桥：那我现在再问你，你答不答应？

拓海：我先问你，避震器跟车胎，真的要花一个月时间去弄吗？

高桥：你有兴趣吗？

拓海：是啊。

高桥：先说引擎，加大增压器的数

避震器 bìzhènqì / n. / shocks

车胎 chētāi / n. / tire

引擎 yǐnqíng / n. / engine

增压器 zēngyāqì / n. / turbo-harger

67

字最直接，但要注意入气量够不够；排气的涡轮也要配合；避震器呢，要从硬度、吸震、轮胎的尺寸跟路面形成的角度，再加底杠、顶杠互相配合，经过电脑记录每次的行车资料，逐项地调校，你爸爸真的很厉害。如果我改这辆车，我也可能要用六个月时间。你的车各方面的平衡已经达到了最好，简直是，无懈可击。

排气　páiqì / n. / displacement
涡轮　wōlún / n. / turbo

底杠　dǐgàng / n. / bottom bar
顶杠　dǐnggàng / n. / top bar
调校　tiáojiào / v. / adjust

平衡　pínghéng / n. / balance
无懈可击　wú xiè kě jī / adj. / perfect, flawless, invulnerable

拓海：想不到那酒鬼还真厉害。

高桥：可是每辆车都有极限，我相信这辆车快满足不了你了，换一辆吧。

拓海：我还是喜欢开我的AE86。

高桥：那我们的比赛呢？

拓海：三个礼拜后吧，星期六。

高桥：要这么久？

拓海：你不是说你那些车三个礼拜后才能改好吗？

1. 讨论。
   Discuss.

   (1) 拓海在听完高桥的介绍后说："想不到那酒鬼这么厉害！"这句话表达了他的什么感情？
   After Takahashi's introduction, Takumi says, "想不到那酒鬼这么厉害！" what emotions does this line express?

   (2) 你认为拓海为什么答应了高桥的挑战？
   Why do you think Takumi accepts Takahashi's challenge?

五 拓海、高桥、京一赛车现场

Site of the Race Between Takumi, Takahashi, and Kyoichi

看一看 说一说
Watch and discuss.

（1）比赛开始，拓海为什么遭到嘲笑？

Why is Takumi laughed at in the beginning?

（2）在落后的时候，拓海想到了谁的话？

Whose words occur to Takumi as he trails behind?

读一读 练一练
Read the dialogue and do the exercises below.

对讲器：	来了！
车手：	垃圾车起死回生了？小子，有你的。
拓海：	怎么没看到你那辆撞山的车呢？
京一：	小子，要不要把头位让给你？
拓海：	不用麻烦了，请你待会开快一点，我还有事情赶着要去做。
车手：	戴着它。
拓海：	不需要吧？
车手：	凉介有话跟你说。
高桥：	拓海，你听着，京一是个职业车手，但是职业车手也有毛病……
拓海：	不用教我，我一定赢他！
高桥：	那我呢？
拓海：	一样赢你！

起死回生 qǐsǐ huíshēng / v. / to be brought back from the dead

撞 zhuàng / v. / to crash into

头位 tóuwèi / n. / first position

职业 zhíyè / n. / career

主持：山路已经封了，赛事随时可以开始，重复，赛事随时可以开始，5，4，3，2，1，go!

封 fēng / v. / to be closed off

文太：因为一直都是你自己在跑，从来没跟人较量过，记住，千万不要有跟人斗的心，不要跟人比，你要赢的是你自己！

较量 jiàoliàng / v. / to compete against
斗 dòu / v. / to fight against

1. 读台词，填空。

Fill in the blanks with the appropriate words from the dialogue.

(1) 因为一直都是你（　　　　），从来没跟人（　　　　）过，记住，

（　　　　）有（　　　　）的心，不要跟人比，你要赢的（　　　　）!

泛视听练习
Extensive Practice

1. 请看电影片段设计剧本。

   Watch the specified parts of the movie, and write a monologue on the following.

   拓海发现了夏树所做的事情之后的一段大约2分钟的心理独白，内容包括：

   Takumi's thoughts after he finds out about Natsuki's dealings, including:

   （1）初发现时的心情

   　　his initial feelings upon finding out

   （2）开车在路上的心情

   　　his feelings as he drives home

   （3）回忆的心情

   　　his feelings as he remembers the past

扩展阅读
Reading Exercise

汽车漂移技术详解

　　数十年来好莱坞电影中一直都有汽车漂移的镜头，在漂移中，车手驱使汽车侧滑通过弯道，而专业漂移者可以完成真正的驾驶奇迹：他们可以在轮胎不再抓地的情况下控制汽车。

　　漂移实际上并不是什么新鲜事物。如果您的车尾曾经在湿滑的路面上甩动，而您费尽力气在滑出15米远后才控制住车辆，那么您已经经历了漂移。即使在赛车中，漂移也屡见不鲜。当赛车手驾车高速通过弯道时——尤其是在赛车运动早期，当时的轮胎没有现在这么强的抓地力——车尾有时会甩出。这时，要么赛车出现翻滚，要么赛车

手从漂移中恢复控制并继续前行。今天，即使有了可以抓住垂直墙面的轮胎，漂移也是一种令人羡慕的车技。最好的车手可以控制漂移，将其用作一种优势——一个车手如果能够在转弯时采取"非理想"路径，并延后刹车以使汽车失去抓地力，那么他就可以比不能控制漂移的车手有更多的机会超车。

相对来说，漂移作为一种运动兴起还是个比较新鲜的事物。20世纪90年代，"漂移赛"在日本蜿蜒的山路上问世，并在过去大约五年的时间内传播到英美。简单的漂移是让汽车侧滑通过单个弯道，但我们可以实现更复杂的漂移。专业车手可以漂移通过多个反向弯道，而且他们的轮胎在此过程中从不抓地。这也是为何在蜿蜒的山路上举行漂移比赛的原因——除了安全因素外，山路是理想的漂移赛道。多个紧凑的S型弯道便于车手展示高超的漂移技巧。

漂移中，车手主要使用两种技术：踩离合器踏板和刹车。漂移几乎总是使用后轮驱动汽车，虽然使用前轮驱动汽车也可以漂移，但相对来说比较罕见。在以踩离合器踏板开始的漂移中，当车手接近弯道时，踩离合器踏板并降到二挡，然后将发动机转速增加到约4500转／分。当车手松开离合器踏板时，由于发动机高速旋转，车轮驱动力急剧上升。这使得后轮快速旋转而失去抓地力，从而将车尾甩入弯道。而以刹车开始漂移的技术，车手在进入弯道时拉起紧急制动器，使得后轮被锁定而失去抓地力，从而产生漂移。这种通过刹车开始的漂移，是为数不多可以用于前轮驱动汽车的技术之一。对于后轮驱动汽车，至少可以采用12种漂移技术，而专业漂移者通常在单个弯道中会使用其中的几种。

一旦发生漂移，这项运动真正困难的部分就开始了。保持漂移而不翻滚需要进行大量练习。专业漂移者结合油门和方向盘来控制漂移，从而使汽车在通过弯道时不会径直滑出、重新获得抓地力或减慢速度。高水平漂移者能在连续通过多个弯道时保持漂移。这些车手能熟练运用多种技术来保持对漂移的控制。

看电影学汉语

语言练习
Vocabulary Exercise

1. 请说出下列词语的意思。
   State the meanings of the following words/expressions.

   （1）露两手

   （2）鬼混

   （3）开工

2. 选词填空
   Fill in the blanks with the right words.

   | 熟　应得　三长两短　无懈可击　懒得　起死回生　斗 |

   （1）不要再跟他（　　　　　）气了。

   （2）他的回答（　　　　　），让我们挑不出一点错。

   （3）你跟这个人很（　　　　　）吗？他怎么这么跟你说话？

   （4）你一定要小心，如果有个（　　　　　），我无法跟你父母交代啊。

   （5）真是（　　　　　）去理他，越理他，他越无理取闹。

   （6）这是你（　　　　　）的，你就别推辞了。

   （7）本以为我已经彻底失败了呢，没想到又（　　　　　）了。

Lesson Five

第五课

 的兄弟姐妹

Root and Branches

剧情简介
Story Introduction

年轻女指挥家齐思甜首度回国举行演奏会，其实她想趁这机会找寻失散多年的兄弟姐妹。20年前，他们本是东北某小市镇里的一户幸福家庭，生活虽然清贫，但也过得挺有滋味。一个风雪的夜晚，长期积劳成疾的母亲突然病重，父亲执意连夜送母亲到医院，没想到，在途中两人遇上车祸，一夜之间，孩子们失去了父母，成为了孤儿。4位可怜的孩子先由表叔收养，但表婶强烈反对。略为懂事的大哥齐忆苦，带着弟妹们偷偷离开表叔家。为了让弟妹们能过上好日子，忆苦忍痛把弟妹送给他人收养，为了日后的相认，他交给了每人一张全家福。从此4兄弟姐妹各散东西……

As the young conductor Qi Sitian goes back to China for her first concert, she plans to find her lost siblings. Twenty years before, they have been a happy family in a small town in the northeast despite the hardship. One stormy night, their parents get killed in a traffic accident as the father is taking the gravely ill mother to the hospital. The four orphans are adopted by their uncle, to which his wife steadfastly objects. The eldest brother Qi Yiku takes the siblings and leave. In order to give them a happy life, Yiku sends his siblings into different households, but before they part, he gives each of them a family portrait, so that later in life they may still recognize one another.

人物简介
Character Introduction

齐思甜 （梁咏琪饰）

受父亲的影响，从小热爱音乐。由出国的一对夫妇收养，成为著名的指挥家。

Qi Sitian is under her father's influence, she falls in love with music since she is little. Later she is adopted by an overseas Chinese couple, and grows up to be a famous conductor.

齐忆苦 （姜武饰）

尊敬父母，照顾弟妹的家中长子。长大后是一名出租车司机，利用工作的方便一直在寻找失散的兄弟姐妹。

Qi Yiku is the eldest sibling of the family. A filial son, Yiku grows up to be a taxi driver, and searches for his lost siblings with the convenience of his job.

齐天 （夏雨饰）

从小聪明乖巧，长大后在大学读书，性格内向。

Qi Tian is bright and clever since childhood, Qi Tian studies at a university. He is an introvert.

齐妙（陈实饰）

高中毕业后无所事事。由于生活重压，性格变得叛逆，对于意外出现的姐姐，不但不感到高兴，还冷言相向。

Qi Miao slacks off after graduating from high school. The burdens of life turn her into a rebellious girl, who, upon meeting her sister, acts stand-offish instead excited.

父亲（崔健饰）

由于时代影响，一身才华无处施展，但他热爱音乐，热爱家人，工作认真负责。

Father is a frustrated musical genius. He loves his family and works diligently.

精选对白
Selected Dialogue

一 我的一家
My Family

看一看 说一说
Watch and discuss.

（1）这是一个什么年代的故事？

What period is this story set in?

（2）这个家庭的经济条件怎么样？家里人的精神状态怎么样？

What do you think of the material and the spiritual conditions of this family?

读一读 练一练
Read the dialogue and do the exercises below.

（思甜画外音）

　　这是我们家的故事。从小父亲就对我说，兄弟姐妹原本是天上飘下来的雪花，谁也不认识谁，但落地以后便融为了一体，结成冰，化成水，永远也就分不开了。曾经听人说，父亲原本是音乐学院的高材生，犯了错误才来到这个小镇上，可我们从没有在父亲和母亲的眼神里，看到一丝的烦恼和悲伤，我们生活在音乐的天堂里。

飘 piāo / v. / to fly in the air

融 róng / v. / to melt

结 jié / v. / to become (ice)

化 huà / v. / melt

高材生 gāocáishēng / n. / excellent student

眼神 yǎnshén / n. / expression in one's eyes

一丝 yīsī / adj. / hint of

烦恼 fánnǎo / n. / worry

悲伤 bēishāng / n. / sorrow

思　甜：妈，为什么初一*要吃饺子？

妈　妈：就是为了捏住你们的嘴，让你
　　　　们少说话，多干事儿。老齐，
　　　　让孩子们先睡吧。思甜，你也
　　　　去吧。

捏　niē / v. / to pinch

思　甜：嗯，妈，我要熬年。

妈　妈：小孩熬什么年啊！

孩子们：我也要熬年！

熬　áo / v. to stay up late at night

忆　苦：爸，咱们也放爆竹吧。

爸　爸：走。嗨，小心一点，别站在
　　　　那里！

爆竹　bàozhú / n. / firecrackers

*初一：农历的一月一日。

1. 读台词，根据提示词语回答下面的问题。

Read the dialogue and answer the following questions according to the phrases given.

（1）这个家庭的人怎么样？

How is the life of this family?

（烦恼　　悲伤　　　天堂）

（2）过年的时候有什么习俗？

What are customs of the lunar New Year?

（饺子　熬年　放爆竹）

2. 讨论。

Discuss.

在生活条件不好的情况下，什么更能让人生活快乐？请结合自己的
情况说一说。

When the living conditions are not so good, what can we do to make ourselves happy?
Give your examples.

二 校长和爸爸
The School Principal and Father

 看一看 说一说
Watch and discuss.

（1）校长跟爸爸说了什么？
What does the school principal say to father?

 读一读 练一练
Read the dialogue and do the exercises below.

校长：齐老师，喝茶，喝茶，来。

爸爸：谢谢。

校长：坐下，坐下……哎，喝茶，喝茶嘛。

爸爸：谢谢。

校长：齐老师啊，你是个有经验的老教师，为咱们学校的音乐教育做出了一定的贡献，特别是去年咱们得的这个奖，这和您的努力是分不开的。

一定 yīdìng / adv. / certain

贡献 gòngxiàn / n. / contribution

奖 jiǎng / n. / prize

爸爸：哪里哪里，这跟您的支持也有关系。

校长：只可惜啊，你的思想问题*一直就没有解决好，出身又有问题，还经常教学生们唱一些不健康*的歌曲，

出身 chūshēn / n. / family background

思想问题：在政治方面跟政府的要求不一致，一般表现在反对政策、态度不积极向上等等。

不健康：一般指有关爱情、享受生活等方面的内容。

学生家长都反映到上边去了。现在连局长都在过问这件事，弄得我很被动。组织上觉得，你不适宜继续留在这个学校里边工作。由于你的错误很严重，所以决定下学期呢，安排你去到大坝乡小学，一面劳动，一面教书，以便于你的思想改造*。你看怎么样？

反映	fǎnyìng / v. / to reflect
上边	shāngbiān / n. / one's superiors
局长	júzhǎng / n. / head of bureau
过问	guòwèn / v. / to ask
弄	nòng / v. / to make
被动	bèidòng / v. / passive position as opposed to initiative

*思想改造：指通过离开本职工作、写思想检查或者到艰苦的地方工作来改变想法。

1. 读台词，根据提示词语回答下面的问题。

Read the dialogue and answer the following questions according to the phrases given.

(1) 爸爸以前是什么人？为什么来这个学校工作？

What does father do before? Why does he come to work at this school?

（高材生　　犯错误）

(2) 爸爸在学校工作得怎么样？

How is father's work performance in this school?

（有经验　　贡献　　得奖）

(3) 现在爸爸又不能在这个学校工作了，为什么？

Why does father have to leave this school?

（思想问题　　不健康　　思想改造）

2. 表演。

Acting.

两人一组，一人扮演老师或领导，一人扮演学生或职员，先设计一件事，比如这次的比赛不能参加了，或者这次不能升职了。两人模仿台词中的句子进行一段谈话。

Work in pairs, with one playing a teacher/boss, and the other playing a student/subordinate. Suppose the teacher tells the student that he can't take part in a match, or the dean tells the staff that he can't be promoted this time. Make a conversation with some sentences in the movie's dialogue.

三 爸爸告别学生
Father Says Goodbye to Students

看一看 说一说
Watch and discuss.

(1) 听了孩子们唱的歌，你有什么感觉？

What do you feel about the children's singing?

(2) 爸爸对离开学校感到很沮丧吗？

Does father feel depressed when he leaves the school?

读一读 练一练
Read the dialogue and do the exercises below.

学生："别问我为什么，别试着叫醒我，等我做完这个梦，等我唱完这首歌……"

爸爸：同学们，我知道你们都是喜欢音乐的孩子。从下学期开始，将会有一个新的老师给你们上音乐课，所以我这是最后一次跟大家在一起了，明天我就不来学校了。希望你们在任何时候，都不要丢下音乐。人生道路上将会有很多难以想象的事情，只要有音乐在，你们的灵魂就永远不会寂寞。

思甜：爸爸，您不来上班了吗？

醒 xǐng / v. / awaken

难以想象 nányǐ xiǎngxiàng /
　　　　　hard to imagine

灵魂 línghún / n. / soul

寂寞 jìmò / adj. / lonely

爸爸：是啊。

思甜：我喜欢爸爸像妈妈一样待在
　　　家里，那样就有很多时间教
　　　我唱歌了。

爸爸：思甜，听着，爸爸离开学校
　　　的这个事是个秘密，只有你
　　　和我知道，好吗？

待　dāi / v. / to stay

秘密　mìmì / n. / secret

1. 读台词，根据提示词语回答下面的问题。

Read the dialogue and answer the following questions according to the phrases given.

（1）爸爸对学生们的希望是什么？

What are father's wishes for his student?

（ 任何　　灵魂　　寂寞 ）

（2）思甜对爸爸离开学校这件事是怎么想的？

What does Sitian feel about father's leaving?

（ 待　　教 ）

2. 讨论。

Discuss.

说说音乐在你的生活里有什么意义。

Tell us what music means in your life.

四 思甜和齐妙
Sitian and Qi Miao

 看一看 说一说
Watch and discuss.

（1）齐妙对思甜的态度怎么样?
   What is Qi Miao's attitude towards Sitian?

（2）思甜和她的男朋友对齐妙的态度怎么样?
   What is Sitian and her boyfriend's attitude towards Qi Miao?

 读一读 练一练
Read the dialogue and do the exercises below.

思甜：齐妙，我是姐姐齐思甜。你
　　　没有改名字吗?

齐妙：怎么没改? "齐妙"现在是
　　　我的艺名，我真名叫李小
　　　舍。哎，那你去了国外那么
　　　久怎么没叫个"安娜、伊丽
　　　莎白"什么的?

思甜：最近有没有大哥的消息啊?

齐妙：他? 大概混得还不如我，保
　　　不齐在监狱呢。

思甜：监狱? 怎么会呢?

齐妙：怎么不会? 从小就带着我们
　　　上邻居家偷鸡蛋，你没去
　　　吗? 老爸、老妈怕我跟他学
　　　坏，搬了好几次家，后来就
　　　再也没联系了。

艺名 yìmíng / n. / stage name

消息 xiāoxi / n. / news

混 hùn / v. / to muddle along

保不齐 bǎobùqí / adv. / probably

监狱 jiānyù / n. / prison

邻居 línjū / n. / neighbor

偷 tōu / v. / to steal

搬家 bānjiā / v. / to move on

思甜：那……你现在有没有什么工作？

齐妙：什么什么工作？瞎混呗，反正饿不着。

瞎 xiā / adv. / to no purpose

反正 fǎnzhèng / adv. / anyway

思甜：上学呢？念完高中之后有没有上学啊？

齐妙：没有。老爸死得早，老妈没钱，供不起。

供不起 gōngbùqǐ / can't afford

思甜：这样子吧，我会在这边呆一段时间，那如果可以的话，我找个朋友找个学校，给你学些东西，好不好？

齐妙：干吗？我又不是失足青年*，没必要吧？

必要 bìyào / n. / necessary

思甜：齐妙！我知道你很恨我跟哥哥，但是当年我们也是个小孩子，我们也没有办法。现在我有能力，我当然希望我的兄弟跟妹妹可以过得好。

当年 dāngnián / n. / in those years

齐妙：那好，你借我十万块钱，有了钱我就可以做一番大事业了。

番 fān / mw. / sort (of career)

事业 shìyè / n. / career

思甜：十万？我现在没有这么多。

齐妙：那就算了。

思甜：我现在只有这么多，你先拿去用吧。

齐妙：这些钱我还有，你自己留着吧。

思甜：齐妙！还是我现在马上回去开支票给你好不好？

支票 zhīpiào / n. / check

思甜：干什么呀你？你知不知道，你现在做什么都晚了，我很

*失足青年：指犯了严重错误的年轻人。

满意我现在的生活，我不想跟你在一块瞎掺和，而且，我知道你不喜欢我现在这副样子，跟我在一起，你得忍辱负重，忍气吞声，搞不好再忍出个癌症来，我的罪过就大了。好了，拜拜。

掺和 chānhuo / v. / to meddle

忍辱负重 rěnrǔ fùzhòng /
　　　　　　 to endure humiliation

忍气吞声 rěnqì tūnshēng /
　　　　　　 swallow an insult

癌症 áizhèng / n. / cancer

罪过 zuìguò / n. / sin

1. 读台词，根据提示词语回答下面的问题。

Read the dialogue and answer the following questions according to the phrases given.

（1）齐妙现在的生活怎么样？为什么？

How is Qi Miao's life now? Why?

（混　　供不起）

（2）思甜想帮齐妙什么？

What does Sitian want to help Qi Miao with?

（找学校　　借钱）

（3）思甜想帮忙，齐妙的回答是什么？

What is Qi Miao's response?

（没必要　　晚了　　满意）

2. 讨论。

Discuss.

你能理解齐妙对姐姐的态度吗？说说理由。

Can you understand Qi Miao's attitude towards Sitian? Give your reasons and examples.

看电影学汉语

看一看 说一说
Watch and discuss.

(1) 妈妈的身体有什么问题？爸爸和孩子们对她怎么样？

What's wrong with mother? How do father and the children treat her?

(2) 爸爸带妈妈去哪儿？

Where does father take mother to?

读一读 练一练
Read the dialogue and do the exercises below.

爸爸：你看齐天那样！

妈妈：孩子们长得越来越像你了。

爸爸：男孩像我还行，女孩还是像你好。你好像咳嗽越来越厉害了。

妈妈：我老这么咳，你烦吗？

　　烦　fán / v. / to feel bothered

爸爸：烦，烦死了。

妈妈：我要是有个三长两短的，你可得找个安分守己的人啊。

　　三长两短　sāncháng liǎngduǎn / death

　　安分守己　ānfèn shǒujǐ / behave oneself

爸爸：好啊，你看谁合适？

妈妈：咱们的孩子那么可爱，你又对我那么好，我就是真死了，也值了……

　　值　zhí / v. / worth

爸爸：你别胡说，我还想比你先死呢……你不是当真吧？没事儿吧？

　　胡说　húshuō / v. / to talk nonsense

　　当真　dàngzhēn / v. / to take sth. seriously

妈妈：没事儿，我逗你玩呢，睡吧。

　　逗　dòu / v. / to tease

爸　爸：哎，睡吧。怎么了你？哎哟，
　　　　你吐血了！

妈　妈：没事儿。

爸　爸：不行，我们得马上去医院。

妈　妈：没事儿。

爸　爸：快穿上。

孩　子：爸，妈。

爸　爸：你们来干什么？

孩子们：我也要去……

爸　爸：不行，别在这儿添乱！忆苦，
　　　　你带弟弟、妹妹回去睡觉。

忆　苦：他们仨可以回去，我可以背
　　　　妈妈去。

孩子们：我也要背……

妈　妈：忆苦，听话，在家等爸爸、妈
　　　　妈，啊。

爸　爸：走吧。

忆　苦：爸，等会儿。

爸　爸：忆苦，你是哥哥，要照顾好弟
　　　　弟、妹妹。

吐血　tùxiě / to cough blood

添乱　tiānluàn / v. / to add to existing
　　　　　trouble

仨　sā / n. / three

背　bēi / v. / to carry

1. 读台词，根据提示词语回答下面的问题。

　Read the dialogue and answer the following questions according to the phrases given.

（1）妈妈的身体很不好，她担心什么？

　　What does mother worry about?

　　（ 三长两短　　安分守己 ）

（2）爸爸和妈妈的感情怎么样？他们对现在的生活满意吗？

　　How is the relationship between father and mother? Are they satisfied with

　　their life?

　　（ 像　　可爱　　值了 ）

2. 讨论。

Discuss.

你怎么理解爸爸的回答"烦死了。谁合适？我还想比你先死呢。"假如你是妈妈，你更希望爸爸的回答是什么？假如你是爸爸，你会怎么回答妈妈？

What sense can you make of father saying "烦死了。谁合适？我还想比你先死呢。" If you were mother, what response would you want to hear? If you were father, how would you react to mother?

泛视听练习
Extensive Practice

1. 请看电影片段，讨论和回答下面的问题。

   Watch the specified parts of the movie and discuss the following questions.

   (1) 过年的时候几个孩子做了什么？

   What do the children do during the New Year celebrations?

   (2) 从这些事的过程中，你看出几个孩子的性格有什么不同？

   What does this event reveal about each child's personality?

扩展阅读
Reading Exercise

下面是崔健写的歌词，请阅读后谈谈你从歌词中知道了什么。

Read the following lyrics by Cui Jian and discuss what you learn from the song.

一无所有

我曾经问个不休：你何时跟我走？
可你却总是笑我一无所有。
我要给你我的追求，还有我的自由，
可你却总是笑我一无所有。

噢……你何时跟我走？
噢……你何时跟我走？

脚下的地在动，身边的水在流，
可你却总是笑我一无所有。

为何你总笑个没够？为何我总要追求？
难道在你面前我永远是一无所有？

噢……你何时跟我走？
噢……你何时跟我走？

告诉你我等了很久，告诉你我最后的要求，
我要抓起你的双手，你这就跟我走。
这时你的手在颤抖，这时你的泪在流，
莫非你是正在告诉我：你爱我一无所有？

噢……你这就跟我走。
噢……你这就跟我走。

语言练习
Vocabulary Exercise

1. 给下面的动词填上相应的名词。

   Give the correct objects (nouns) to the following verbs.

   熬_____   捏_____   融_____   偷_____

   值_____   逗_____   添_____   背_____

2. 选词填空。

   Fill in the blanks with the right words.

烦恼	反映	寂寞	秘密	搬家

（1）如果你对我们的教学有什么意见，可以去办公室_____。

（2）这是我们两个人的_____，不要告诉别人。

（3）我一个人生病在家，觉得很_____。

（4）我是你的朋友，你有什么_____可以说出来，我可以帮你。

（5）他已经_____了，不在以前的地方住了。

3．用指定的词语完成下面的句子或对话。
Complete the following sentences or dialogues with the phrases given.

（1）他只是一个十岁的孩子，＿＿＿＿＿＿＿＿＿＿＿＿＿＿＿＿。
（难以想象）

（2）A：这么多脏衣服，你怎么不洗啊？

B：＿＿＿＿＿＿＿＿＿＿＿＿＿＿＿＿＿。（反正）

（3）A：咱们一起去国外留学吧。

B：＿＿＿＿＿＿＿＿＿＿＿＿＿＿＿＿。（供不起）

（4）A：这是个小问题，我自己就能修理。

B：＿＿＿＿＿＿＿＿＿＿＿＿＿＿＿＿。（搞不好）

（5）A：已经过去二十分钟了，他怎么还不来？

B：最好给他打个电话问问，＿＿＿＿＿＿＿＿＿＿＿。
（保不齐）

Lesson Six

第六课

我们这一家

Run Papa Run

剧情简介
Story Introduction

　　单亲家庭长大的李天恩，对于爸爸这个角色一直没有什么感觉，在他年少气盛的时候就开始混迹于江湖，虽然专治跌打损伤的妈妈对他管教非常严格，但他深受江湖习气的影响，一心要加入黑社会。但是一个偶然的机会他遇到了他的新手律师美宝，两人竟然一见钟情，两人的生长背景有着天壤之别，但他们还是冲破阻力走到一起，并有了爱的结晶。从此自认个性潇洒倜傥的李天恩的世界从此改变。为了爱护女儿他竭尽一切去隐瞒自己黑道的身份，改变自己的行事作风，甚至要身边的兄弟们都不能说脏话，直至最后牺牲了自己的生命……

　　Li Tian'en grows up under the care a single mother, and he has no particular feelings about any father figures. He takes part in organized crime in his adolescence, and despite his mother's strict rules, he wishes to be a member of a secret society. After meeting lawyer Meibao, Tian'en falls in love. The two marry and have a daughter against all odds, and Tian'en's world is turned upside down: he tries to hide his background in the crime circles, he changes his ways, he orders against profanities around his family, and he even sacrifices his own life…

人物简介
Character Introduction

李天恩（古天乐饰）

　　从小混迹于黑社会，非常羡慕黑帮社会中的兄弟情义，义气团结，妈妈屡次规劝，但仍旧不思悔改，长大后终于加入黑社会，并逐渐成为黑帮大佬。一次偶然的机会，他邂逅了新手律师美宝，二人堕入情网，并结婚生女。他的彻底改变是在女儿出生之后，为了不让女儿受黑社会的影响，他竭力掩饰自己的黑帮身份，并逐渐走上做正经生意的道路，直到最后以生命的代价彻底退出黑社会……

　　Li Tian'en: A career criminal since adolescence, he regards his fraternal relations s most important. After becoming a ring leader, he meets and marries a lawyer named Meibao. The two have a daughter, whom Tian'en does not want to be affected by his riminal background. Thus Tian'en attempts to rid himself of his ties with the gang world, until finally he pays with his own life to leave the criminal circle…

美 宝（刘若英饰）

　　刚刚踏入职业界的新手律师，在一次辩护中结识了黑社会成员李天恩，与之一见钟情，并结婚生子。她真心地爱着李天恩，时时为他担心，虽然在她的约束下，天恩有所改变，但终究积习难改，在一次天恩出轨之后，美宝伤心欲绝，欲与之决裂，才使天恩意识到自己的终生所爱为谁。有了女儿后，她从原来的担心丈夫的安危又添了为女儿的人身安全担忧。

　　Meibao: A young lawyer who has just begun her areer. She meets Li Tian'en during a court defense, falls in love and marries him, nd has a daughter with him. She constantly worries about Li Tian'en, but for all her rictures and love, Tian'en has an affair, which breaks her heart and prompts her to reaten to leave. This incident brings home to Tian'en who is his true love. After she as a daughter, Meibao begins to worry about her daughter's safety.

看电影学汉语

精选对白
Selected Dialogue

一 李天恩下葬
Li Tian'en's Burial

看一看 说一说
Watch and discuss.

（1）李天恩在电影开始做的什么梦？

What dream does Li Tian'en have at the beginning of the movie?

（2）李天恩的妈妈是做什么的？他和妈妈的关系怎么样？

What does Li Tian'en's mother do for a living? How is his relationship to his mother

读一读 练一练
Read the dialogue and do the exercises below.

（画外音）

十个古惑仔，九个衰到底，出来混的，都不会有什么好下场。所以李天恩每次在梦里被人追杀惊醒，都庆幸那只是一场梦。但之后有一天，当他以为自己是在做梦的时候，却怎么跑也跑不出这个梦，怎么醒也醒不过来。

今天是李天恩的丧礼，不会再有警察来等他，也不会再见到打打杀杀的场面，李天恩死都没有想到，自己的丧礼如此庄重，一点江湖味都没有。

关于李天恩的死有许多传言，有人说他是畏罪，所以跳海自杀，也有人说

古惑仔 gǔhuòzǎi / n. / hoodlum

下场 xiàchǎng / n. / fate

庆幸 qìngxìng / adv. / fortunately

丧礼 sānglǐ / n. / funeral

庄重 zhuāngzhòng / adj. / solemn, serious

传言 chuányán / n. / rumor

畏罪 wèizuì / adv. / for fear of one's crimes

他是走私贩毒的时候，死在乱枪之下，所以这四位社团里德高望重的叔父，一定要送他上山，看着他盖棺，睡在他老妈旁边。李天恩跟他老妈，从来没有试过像今天这样，相处得这么平静。

恩　妈：有学你不上，有书你不好好念！
　　　　一天到晚都打，打，打！
李天恩：飞龙在天！小龙问路！降龙十八掌！

（画外音）

　　李天恩这一身的功夫，就是这样子跟他老妈练出来的。他从来都不知道自己的老爸是谁，他也没问过。两岁就跟着老妈从潮州老家到了香港，人人管恩妈叫茵姑。茵姑的医术传自于天恩的外公，江湖上的兄弟好像都特别喜欢关照她。其实有没有老爸无所谓，天恩只是不懂，为什么茵姑可以接受所有江湖上的兄弟，就是接受不了天恩踏入江湖。就像她可以治好所有的病人，就是治不好自己的儿子。

走私　zǒusī / n. / to smuggle

贩毒　fàndú / v. / to traffic drugs

德高望重 dégāo wàngzhòng
　　　　/ adj. / widely respected

江湖　jiānghú / n. / an imagined
　　　　world beyond regular social life

踏入　tàrù / v. / to step into

---

1. 请不看台词，完成下列填空。

Fill in the blanks with appropriate words from the dialogue.

(1) 十个古惑仔，九个衰到底，出来（　　　）的，都不会有什么好（　　　）。所以李天恩每次在梦里被人（　　　）惊醒，都庆幸那只是（　　　）。但之后有一天，当他以为自己是在（　　　）的时候，却（　　　）这个梦，怎么（　　　）。

(2) （　　　）有很多传言，有人说他是畏罪，所以（　　　），也有

人说他是走私贩毒的时候，死在（　　　　　　）之下，所以这四位社团

里德高望重的叔父，一定要送他上山，看着他（　　　　　　），睡在他

老妈旁边。李天恩跟他老妈，从来没有试过像今天这样，（　　　　　　）。

2. 讨论。
   Discuss.

   （1）从电影中可以看出茵姑在江湖中是什么样的地位？
   What position does Yingu hold in the secret society, as you can derive from the
   movie?

   （2）你觉得茵姑为什么不同意自己的儿子踏入江湖？
   Why do you think Yingu would not want her son to step into the secret society?

二 天恩邂逅美宝
Tian'en Encounters Meibao

看一看 说一说
Watch and discuss.

（1）李天恩在江湖中是个什么样的人物？

What kind of a character is Tian'en in the criminal world?

（2）李天恩对待女人的态度是什么？

What is Li Tian'en's attitude towards women?

读一读 练一练
Read the dialogue and do the exercises below.

（画外音）

　　结果李天恩不但没有横尸街头，他还带着一班好兄弟——大眼跟口水，从一条街打遍整个九龙，虎头恩这三个字！

天　恩：到今天我已经有三间地产，四家财务，五间三温暖，七个赌场，十家酒廊，上百个兄弟。四眼龟，你是不是笑我？你是不是在笑我？

四眼龟：我没有啊。

天　恩：你说什么？

四眼龟：我没笑你。

天　恩：你再说一次？

四眼龟：我没笑你。

天　恩：那你是笑他们两个？

四眼龟：没有。我没笑你们。

| 横尸街头 | héng shī jiētóu / to die exposed in the street |

地产　dìchǎn / n. / real estate

赌场　dǔchǎng / n. / casino

酒廊　jiǔláng / n. / bar

（画外音）

在他的世界里面，他想怎样就怎样，直到有一天……，有一次……，有一个女人……

警　察：李天恩，十一月二十八号晚上八点，你在哪里？你喜欢玩手指，我奉陪到底！从明天开始我每天去你店铺查牌，一个钟头查一次！

奉陪到底 fèngpéi dàodǐ / v. / to play hardball

天　恩：刘sir，你喜欢查牌，每分钟查一次都可以。我也懂法律，我律师没来之前，我玩手指也好，玩脚趾也好，都不关你的事。我去撒泡尿。

……也好，……也好 ……yěhǎo, ……yěhǎo / conj. / no matter A or B

关……的事 guān…… deshì / prep. / involving sb.

警　察：喂……李天恩！

美　宝：你要出去？

天　恩：你要进来？

撒尿 sāniào / v. / to piss

警　察：你是谁？

天　恩：关你屁事！

美　宝：我是谁？我是代表林律师的代表，不是，我是代表李天恩先生林律师的代表，林律师上班了……他没有空。我是代表……

天　恩：在下李天恩。

在下 zàixià / pron. / (humble speech) I, me

美　宝：代表李天恩。我是代表李天恩先生的林律师的代表，我是陈美宝，大家好。我来保释林律师的。

保释 bǎoshì / v. / to bail sb. out

天　恩：我敢跟你打赌，在明天日出之前，我会跟她成为很好很好的朋友！

打赌 dǎdǔ / v. / to bet

1. 根据电影片段回答问题。

   Answer the following questions based on the clip.

   （1）请描述一下李天恩闯荡江湖的结果是什么？

   Describe the consequences of Li Tian'en's dealings in the criminal world.

   （2）李天恩是怎么认识陈美宝的？

   How does Li Tian'en get to know Chen Meibao?

2. 表演。

   Acting.

   请两人一组，表演陈美宝和李天恩第一次见面的情景。

   Work in pairs and enact the scene in which Li Tian'en meets Chen Meibao.

三 天恩开始为女儿改变

Tian'en Begins to Changes for His Daughter

看一看 说一说
Watch and discuss.

（1）天恩最开始对女儿的态度是什么？
What is Tian'en's initial attitude towards his daughter?

（2）天恩后来再打打杀杀时表现得怎么样？
How does Tian'en deal with subsequent gang fights?

读一读 练一练
Read the dialogue and do the exercises below.

天　恩：你给我听着，你不要以为你可以绑住我，我李天恩是什么样的人，就永远是什么样的人。不准哭，你哭什么？不准哭了，听到没有？非常好！你不要再哭了！乖，爸爸抱抱。乖，不要哭，乖，睡觉睡觉！拜托你不要哭……好，乖，拜托你不要哭！爸爸抱，再抱，喜欢爸爸抱，对不对？很乖，喜儿很乖。喜儿乖，喜儿乖，快点儿睡，喜欢爸爸抱，对不对？爸爸有肌肉，抱起来很舒服吧？喜儿乖，不哭了，

绑　bǎng / v. / to bind

乖　guāi / adj. / obedient

拜托　bàituō / v. / please!

肌肉　jīròu / n. / muscle

爸爸唱歌给你听。喜儿乖，喜儿乖……

天　恩：两只老虎，两只老虎，跑得快，跑得快，一只没有眼睛，一只没有尾巴，真奇怪，真奇怪。好不好听？

美　宝：叫爸爸。

兄　弟：大嫂真厉害，用个女儿来查老大。

天　恩：关你屁事！喜儿呀，爸爸晚上要加晚班，你不要调皮，早点儿睡。

美　宝：问爸爸在哪儿？

天　恩：爸爸买很多玩具给你玩，你起来就可以玩了，好不好？爸爸不说了，爸爸要做事了，来亲一下。好了，再见。

（画外音）

本来讲好只是给对方一点儿颜色瞧瞧，大哥一来就开了一枪，霎时间刀光剑影，一阵混乱。这种场面天恩不是没见过，但现在情况不一样，有些事情变了它就是变了。

喜　儿：爸爸……

嫂　sǎo / n. / elder brother's wife

厉害　lìhai / adj. / effective, ass-kicking

加班　jiābān / v. to work overtime

调皮　tiáopí / adj. / naughty, mischievous

给……颜色瞧瞧
　　gěi……yánsè qiáoqiao/ to teach a lesson to sb., to give sb. a piece of one's mind

霎时间　shàshíjiān / adv. / in an instant

刀光剑影　dāoguāng jiànyǐng / adj. / swords and knives crossing

混乱　hùnluàn / adj. / chaotic

场面　chǎngmiàn / n. / spectable, scene

1. 讨论。

    Discuss.

    (1) 电影中说："有些事情变了就是变了"，对天恩来说到底是哪些事情变了？这种变化的结果是什么？

    A line in the movie says, "有些事情变了就是变了", what things have changed for Tian'en? What are the results of these changes?

    2) 你还记得哪些小时候父母给你唱过的儿歌吗？唱来听听。

    What nursery rhymes do you remember from your childhood? Sing a few.

四 喜儿渐渐长大
Xi'er Grows Up

看一看 说一说
Watch and discuss.

（1）天恩为什么不肯受洗？

Why wouldn't Tian'en be baptized?

（2）天恩的女儿在他们身边受了什么影响？

What influences does Tian'en's daughter have around Tian'en and his guy?

读一读 练一练
Read the dialogue and do the exercises below.

美　宝：你知道进一间好的小学有多难
　　　　吗？一个领洗有一分，三个就
　　　　三分。

天　恩：什么？

美　宝：一个一分，三个三分。

天　恩：少一个差一分嘛，上别的学校
　　　　喽！

喜　儿：爸爸不领洗，我也不领啦

天　恩：我拜关二哥，拜了几十年了，
　　　　我跟他有感情嘛。为什么拜着
　　　　拜着，一定要叫我去拜外国人
　　　　呢？

美　宝：神是信的，不是拜的！

天　恩：不行，不行……

美　宝：好啦，好，大家都不领，那一
　　　　起下地狱了。亏你还说办教
　　　　育，也不肯给女儿做个榜样。

领洗 lǐngxǐ / v. / to receive baptism

拜 bài / v. / to worship

地狱 dìyù / n. / hell

亏 kuī / adv. / used to introduce sarcasm

榜样 bǎngyàng / n. / example

天　恩：喜儿，妈妈发脾气。

喜　儿：我教你吧。

天　恩：你教我？第几页？

喜　儿：第三页。

天　恩：第三页。

喜　儿：万福玛利亚，满被圣宠者，主
与尔偕焉，女中尔为赞美。尔
胎子耶稣并为赞美，天主圣母
玛利亚，为我等罪人……

天　恩：喜儿，喜儿，别念那么快，爸爸
跟不上。

喜　儿：今祈天主，及我等死候，阿们。

天　恩：关二哥，对不起。

喜　儿：我先说，然后你再接下一句，
然后我再接，然后你再接，会
不会呀？

茵　姑：我以前没有时间陪天恩，现在
他有时间陪女儿，真好！

喜　儿：买了很多玩具，到你了。

美　宝：喜儿是他的克星。

天　恩：买了好多玩具，我们两人又拿不
稳，所以就一边走一边掉……

茵　姑：不是克星是救星。

喜　儿：我就开始哭了……

天　恩：喜儿开始哭那就不好看了，所
以喜儿不要哭，爸爸就叫……
大眼叔叔和口水叔叔出来，帮
我们一边走一边捡掉下来的玩
具……

喜　儿：街上有很多人，一脚就把玩具
踩坏。

天　恩：有谁那么大胆敢踩你的玩具？如
果有人敢踩你的玩具的话，那

发脾气 fā píqi / v. / to lose one's temper

跟不上 gēnbūshàng / v. / to lag behind,
cannot keep up

陪 péi / v. / to keep sb. company, to spend
time with sb.

克星 kèxīng / n. / nemesis

救星 jiùxīng / n. / savior

踩 cǎi / v. / to trample

还得了？我当然就一拳打过去了，然后左勾拳，右勾拳，上下勾拳，不停地打他。突然那家伙抽出一把刀出来，我看他有刀，二话不说，踢飞他的刀，然后呢，我就开始翻个跟头，翻来覆去，翻完之后呢，刀就掉下来。我一把接住那个刀，然后一刀往前捅，然后左一刀，右一刀，砍得他的血劈里啪啦地流。

勾拳 gōuquán / n. / a hook punch

二话不说 èrhuà bùshuō / adv. / without demur, at the drop of a hat

翻跟头 fān gēntou / v. / to take a summersault

捅 tǒng / v. / to thrust

喜　儿：我靠，一刀砍了他的小弟弟。

美　宝：李喜儿！

喜　儿：我靠，一刀砍了他的小弟弟。

美　宝：喜儿，你以后不可以再讲"我靠"，知不知道呀？

喜　儿：那以后爸爸跟那些叔叔也不可以说。

美　宝：当然了。

喜　儿：妈妈，为什么我们拜那个是外国人，爸爸拜那个是中国人呢？

美　宝：爸爸那个中国人，是教我们对朋友要有义气；这个外国人教我们要有爱心。

义气 yìqi / n. / fraternal loyalty

喜　儿：口水叔叔和大眼叔叔叫爸爸做老大，为什么他们不是跟爸爸叫奶奶做妈咪呢？为什么他们和爸爸……

（画外音）

　　美宝回去告诉天恩喜儿所有的为什么，天恩才开始明白只改纹身、穿西装是不足够的。但是要做多少，要怎样做才叫够呢？

纹身 wénshēn / n. / tattoo

1. 讨论。
   Discuss.

（1）请以天恩的语气描述一下当他第一次听到喜儿说粗话时的心情。
   Describe, from Tian'en's perspective, how he feels when he first hears Xi'er use curse words.

（2）为什么恩妈说喜儿不是天恩的克星而是他的救星？
   Why does Tian'en's mother say that Xi'er is Tian'en's savior and not his nemesis?

（3）为什么天恩意识到只改纹身和穿西装是不够的？他还要做哪些改变？
   How does Tian'en realize that a mere change in his tattoo and his attire is not enough? What further changes does he have to make?

泛视听练习
Extensive Practice

1. 请看电影片段讨论和回答下面的问题。

   Watch selected parts of the movie and discuss the following questions.

   (1) 天恩和母亲之间的感情是很复杂的，请用具体事例分析一下他这种复杂的感情。

   Tian'en has complicated feelings for his mother. Please analyze his complex emotions through specific events.

   (2) 片段的最后一段话说："他开始相信，无论有多难，恩妈等不到的，美宝一定要等到，喜儿一定会看到。"这段话是什么意思？

   The last line says，"他开始相信，无论有多难，恩妈等不到的，美宝一定要等到，喜儿一定会看到。" What does this mean?

   (3) 从这段电影中，你觉得天恩踏入黑社会的原因有哪些？

   What reasons can you infer from this clip why Tian'en joins the criminal world?

扩展阅读
Reading Exercise

闲话香港的黑帮电影

　　黑帮这东西，由来已久。司马迁的游侠列传中的"以武犯禁"的诸位，大概可算较早的黑帮杀手。李白挺崇拜这些人，还专门写了首诗叫《侠客行》。其中有两句："十步杀一人，千里不留行"，很吓人。不过，还有两句是："三杯吐然诺，五岳倒为轻"，倒也显出侠士的豪迈大器。

　　三国时，刘、关、张开了结拜把兄弟的时代先河。云长不为权势财货所诱，过五关斩六将，千里走单骑，成为把兄弟时代的楷模，受后世景仰，以至于香港电影中的黑帮和警察都得拜关公。

北宋水泊梁山宋江一伙可以说是将黑帮系统化、军事化、管理化的鼻祖，弟兄一拜就是一百零八位，个个身怀绝技，而且还喊出"替天行道"的政治口号。弄到大宋皇帝寝食难安，最后只好用"招安"的软政策，施以寇制寇、以黑吃黑的隔岸观火计，才将其平息。

清初时，明朝的旧臣要"反清复明"，结果"反来复去"没成功，还让满人搞出个"康乾盛世"。大家看大势已去，又不好散伙，干脆把政治理想转变为物质保障，反就不造了，干点违法且有利可图的勾当算了，比如说贩私盐。这下倒好，他们为黑帮组织制定出一套行之有效，能打能走，能进能退的生存办法，到近代还行之有效。清末的小刀会、哥老会就是典型。

既然黑帮历史如此悠久，香港自己又有过一段法制极其黑暗的时期，身在自由之都的香港电影人当然不会放弃这一为正统电影所不容，却受大众喜爱，并容易把粗口、暴力、色情这些畅销品掺放其中的创作题材。也正因如此，黑帮电影成为了香港本土电影人的创作强项。

最初看的黑帮电影，是《英雄好汉》、《江湖情》。说的是老大收了两小弟，一忠一奸，最初当然是奸人当道，后来当然又是忠方力搏获胜。中间穿插体现兄弟道义、老大转正行的情节，较好地继承了中国人"逆取顺守"的传统。

《英雄好汉》、《江湖情》以后印象最深的是《英雄本色》。《英雄本色》有三集，一、二集故事有连贯性，应该算这个系列的真正代表。《英雄本色》浓墨重彩渲染兄弟义气，善恶更分明，情节更紧张，打斗更激烈。想来吴宇森拍黑帮电影有些像李白写诗，肆意汪洋，一泻千里，难怪有暴力美学之美称。当然《英雄本色》的缺点也是很明显的，子弹老打不完，次要人物一堆堆上来，一下就over了。主要人物（无论好坏）老打不死，似乎肠子流出来塞进去还可以继续战斗。有些情节也太没道理。第二集中张国荣被狄龙近距离攒射，血都快流完了，没几天居然又恢复得生龙活虎，可万没想到和杀手过招时只中了一枪就倒下了。难道真是狄龙是他兄弟，专打无关紧要的地方，杀手是仇敌，专打要害？

相对《英雄本色》，更喜欢《喋血双雄》，讲一个警察、一个杀手和一个盲女的故事。情节紧张，故事细腻，人物鲜活，气氛渲染不愠不火，绝了。周润发以后，刘德华火了。最有代表性的要算《旺角卡门》、《天若有情》和《永霸天下》。电影主角变成了黑帮底层的愤青，兼有了拼命三郎的神勇、关云长的忠义、风萧萧分易水寒的悲壮。身背仇雠恨，肩挑兄弟愁，三杯吐然诺，踏死不回头。刘德华在这几部电影的本色表演可谓十分精彩。

1996年左右开始有《古惑仔》，当时知道郑伊健，仅仅是因为他够帅够酷。这系列较长，有五集，情节很庸俗，还有粗口。印象里觉得这伙人打扮莫名其妙，行为特流氓，又没文化，似乎把李阿济、小马哥的这些前辈的脸都丢尽了。

另一部让人眼前大亮的电影是《暗战》，此片属于要聚精会神观看的影片，不然就无法享受其中的乐趣。情节真不错，特别是刘德华和刘青云最后打赌的一幕，棒极了。从此开始才注意到银河映像和杜琪峰。后来又看了《暗战 II》，故事没第一集精彩，结构也不严谨，但很爱看，因为他轻松，趣味性强。最喜欢郑伊健和刘青云在雨中比赛自行车的一场戏，轻快诙谐，耐人寻味。其间还播放了一首郑伊健的歌，应该是《敢爱敢做》，歌曲和电影场景配合得很默契。另一个有趣的情节是郑伊健让林雪猜硬币的正反面，一共猜了371 次都是字。片中还有一只漂亮的白头老鹰，很有创意。

2002 年，《无间道》横空出世，让人耳目一新。从此认为刘伟强也是个人才，知道麦兆辉真能编。《无间道 II》问世后更是让人对二位刮目相看，可惜第三集狗尾续貂，太牵强。

说实在话，看了那么多香港黑帮电影，如果有人问我最欣赏哪一部，我的回答真是会令各位吃惊，因为我认为这些作品始终没有超越20 多年前的一部电视连续剧，这就是《上海滩》。许文强、丁力、冯敬尧三个时代枭雄在动乱大时代所上演的恩怨情仇才是香港黑帮题材创作的最经典。《上海滩》中展现的许冯爱情悲剧，许丁兄弟情谊达到了后续作品难以企及的高度。全剧所透露出的强烈的人文关怀气息、时代反思意味更是后来创作难以逾越的高峰。

语言练习
Vocabulary Exercise

1. 词语搭配。
Match the verbs with the appropriate nouns.

A	B
踏入	神
拜	混乱
场面	江湖

2. 请用下列语法模仿例句造句。
   Use the following grammatical structure, and make a sentence modeled after the example.

   (1) 亏……
      例句：亏你还办教育，都不能给女儿做个榜样！
      你的句子：_____。

   (2) ……也好，……也好
      例句：在我的律师来之前，我玩手指也好，玩脚趾也好，都不关你的事！
      你的句子：_____。

   (3) 关……的事！
      例句：关你什么事！／不关你的事！
      你的句子：_____。

3. 选词填空。
   Fill in the blanks with the appropriate words given.

   下场　庆幸　庄重　二话不说　给他点儿颜色瞧瞧
   克星　救星　刀光剑影

   (1) 在这么（　　　　）的场合，你怎么能穿得这么随随便便的呢？

   (2) 小王来了，大家就像看到了（　　　　）一样，松了一口气。

   (3) 你真应该（　　　　）有这么多朋友帮你。

   (4) 每次我请他帮忙的时候，他都（　　　　）马上就答应了。

   (5) 你呀，简直就是我的（　　　　），一遇到你，我就什么都不能做了。

   (6) 骗子是没有好（　　　　）的！

   (7) 真应该（　　　　），这个人太嚣张了。

   (8) 过惯了（　　　　）的生活，一下子这么平静，还真不习惯呢。

Lesson Seven
第七课

魔幻厨房 Magic Kitchen

剧情简介
Story Introduction

慕容优是香港一间幽雅的私房菜馆的老板兼厨师。厨艺备受各界赏识，餐馆也是颇有盛名，连日本一个出了名的烹饪比赛的电视节目也来邀请她做挑战嘉宾。但是慕容优却婉言拒绝了邀请，并坦言自己对参赛没有太大兴趣，这一举动令其助手小可大感诧异。

小可一直暗恋慕容优，他也知道慕容优对前度男友念念不忘，为了尊重慕容优的意愿，小可在一旁默默等待，同时，更是不断鼓励她克服自己的恐惧，自创属于自己的菜式和人生。

在各种矛盾和情感的冲击之下，犹豫不决的慕容优总是不敢鼓起勇气走自己的路。不过在小可一次又一次真情的感召下，看着周围朋友在感情路上走得丰富多彩，她终于鼓起勇气开始了自己新的生活，和小可恋爱了。

Murong You is the owner and executive chef of an elegant restaurant in Hong Kong. Her managerial and culinary skills win her an invitation from an acclaimed Japanese TV show to compete in a food contest, but You declines, claiming that she has no interested in the competition. You's decision puzzles her assistant Xiaoke.

Xiaoke secretly admires You, but he knows that You clings to the memory her ex-boyfriend. Out of respect for her, Xiaoke waits patiently while encouraging her to conquer her fears and to walk a path of her own.

Conflicted with feelings, the indecisive You finds herself unable to pluck up the courage and control her own destiny. Xiaoke's love and her friends' colorful life prompt You to begin a new chapter in life, and she falls in love with Xiaoke.

人物简介
Character Introduction

慕容优（郑秀文饰）

一直生活在幼年生活的阴影下，对母亲所讲的故事深信不疑并深受影响，对感情和厨艺都不敢有所创新。

Murong You: A successful restaurateur living in the shadows of her childhood. She is deeply convinced and influenced by the stories her mother has told, and does not dare to chart new territories in her personal and professional life.

范传佑（刘德华饰）

是慕容优的前男友，对自己的感情看似放任，实际也是在迷茫之中不知所措。

Fan Chuanyou: Ex-boyfriend of Murong You. While Fan appears to be given to abandon, he is in fact quite lost.

郭可立（言承旭饰）

慕容优私房菜馆的助手，对事业和爱情都执着坚定。

Guo Keli is Murong's assistant. He is passionate and committed about his career and love.

傅薇 （Maggie Q 饰）

　　是慕容优的闺蜜和偶像，优雅、独立，对爱情有不同常人的态度和处理。

　　Fu Wei is Friend of Murong since childhood, as well as Murong's role model. Elegant and independent, Fu treats love as no one else does.

精选对白
Selected Dialogue

一 慕容家的诅咒
Curse on the Murongs

看一看 说一说
Watch and discuss.

(1) 妈妈的工作开心吗？

Does mother enjoy her work?

(2) 妈妈每一次做好吃的都和什么有关系？

What motivates mother to prepare delicious food every time?

读一读 练一练
Read the dialogue and do the exercises below.

（画外音）

如果厨师也有正版和盗版之分，我就是盗版货了。不错，我是香港一家私房菜馆的老板兼主厨，而且我还有个好的助手小可。我们的生意还做得非常好呢。不过，其实我对厨艺真的没什么心得，严格来说，我只不过是抄袭我妈妈的厨技，而我妈才是真正的厨艺大师，很可惜这件事没人知道。

她刚一踏进社会就进入一间大酒店的厨房当学徒，做了十年之后才晋升到专炒粉面饭的小厨。

盗版 dàobǎn / n. & adj. / pirated, piracy, bootleg

兼 jiān / v. / to double

心得 xīndé / n . / advice, experience

抄袭 chāoxí / v. / to plagiarize

踏 tà / v. / to step into

学徒 xuétú / n. / apprentice

晋升 jìnshēng / v. / to be promoted

当年做厨师这一行是有性别歧视的，我妈一直没有机会晋升，而她却要母兼父职地把我养大。幸好酒店的福利还不错。

我童年的时候心里面有两个很大的疑问：第一，家里明明只有我们母女两个，为什么常常无缘无故地大摆筵席呢？

妈　妈：阿优，优啊，这一顿是纪念猫王逝世十三个半月。

妈　妈：女儿，这一顿要谢谢谁啊？

慕容优：里根总统。

（画外音）

小孩子常常有好吃的，当然很开心了，不过看到妈妈每次为了要煮好东西给我吃而累得哭，我会觉得很内疚，久而久之就开始抗拒我妈煮的东西，结果我得了厌食症。

妈　妈：噢，太棒了！女儿，我们快去买菜！

慕容优：唉，救命啊！

妈　妈：女儿，我们的家传食谱，又多了一本新的。

慕容优：妈，为什么老爸在我出生以前就走了呢？他不回来了？

妈　妈：你老爸，他之所以抛弃我们母女俩的原因，是应验了一个毒咒，对，是一个毒咒。你的名字叫慕容优嘛，"慕容"是你妈娘家的姓，世世代代，慕容家在云南是武学世家，名门望族，你外婆的外婆的外婆叫慕容菊，是文武全才的女侠，也是家里面的宝贝儿。

歧视　qíshì / v. / to discriminate against

福利　fúlì / n. / welfare, benefits, perks

明明　míngmíng / adv. / clearly, obvious

无缘无故　wúyuán wúgù / adv. / unprovoked, without reason

筵席　yànxí / n. / banquet, feast

纪念　jìniàn / v. / to commemorate

逝世　shìshì / v. / to pass away

内疚　nèijiù / adj. / to feel guilty

久而久之　jiǔ ér jiǔ zhī / adv. / over time

抗拒　kàngjù / v. / to resist

厌食症　yànshízhèng / n. / anorexia

救命　jiùmìng / int. / help!

食谱　shípǔ / n. / recipe

抛弃　pāoqì / v. / to abandon

应验　yìngyàn / v. / to be realized

毒咒　dúzhòu / n. / anathema, curse

世世代代　shìshìdàidài / generation after generation

世家　shìjiā / n. / a family known for a certain tradition or accomplishment

名门望族　míngmén wàngzú / n. / noted family

女侠　nǚxiá / n. / woman martial arts master

（画外音）

我妈说，这个慕容菊是一个任性妄为的女子，镇上一位厨神欧阳情很爱慕容菊，阿菊对欧阳情说，如果他肯把他的厨艺传教给她，就嫁给他。她用"偷星换月"大法，吸光欧阳情家传的厨艺绝技。从此阿情厨技尽失。事后，阿菊那位刚正严明的老爸，为了顾全家声，把阿菊逐出家门，而且请来一位巫师，给阿菊下了一道毒咒：誓言阿菊和她后来每一代的女儿，都只能够做厨师，好把欧阳家的厨艺继续世代相传。同时，这些女子全都会被男人始乱终弃，直到她们有一天向欧阳家的后人偿还情债为止。

妈 妈：你老爸就是在你老妈有了你之后离开我们的。这个就是你老爸。

（画外音）

我老爸应该像周润发*那么帅才对呀，怎么可能是这位老伯呢？

从此之后，我就不敢再问老爸的事了，并且继续厌食。直到有一天，我妈做了一顿简单清淡的家常便饭，是我有生以来觉得最好吃的一顿饭，也是第一次吃到幸福的感觉。不过到底是什么原因，还有那顿饭到底跟谁吃的呢？我怎么都想不起来了。

我本来是学时装设计的，还在百货公司做采购，不过一场亚洲金融风暴，我换了几份越做越差的工作，直到

任性妄为 rènxìng wàngwéi / to be impetuous, to act recklessly

肯 kěn / v. / to be willing to

吸 xī / v. / to suck

绝技 juéjì / n. / secret weapon, killer trick

刚正严明 gāngzhèng yánmíng / adj. / disciplined and impartial

顾全 gùquán / v. / to be attentive to

逐 zhú / v. / to expel

巫师 wūshī / n. / wizard, high priest

誓言 shìyán / n. / promise, pledge

始乱终弃 shǐluàn zhōngqì / adj. / to forsake after dallied with

偿还 chánghuán / v. / to pay back

债 zhài / n. / debt

帅 shuài / adj. / handsome, smart

老伯 lǎobó / n. / old man

时装 shízhuāng / n. / fashion

设计 shèjì / v. / to design

采购 cǎigòu / v. / to procure, to purchase

金融风暴 jīnróng fēngbào / financial crisis

周润发：香港著名的影视演员。

三年前我妈退休，开了这家私房菜馆。谁知道半年后她去世了，我被迫接手做大厨，还好，全靠妈留下的几本食谱压阵。妈说的家族诅咒到底有多灵验我不知道，可是到了我这一代，果然还是逃不出做厨师的命运。

被迫 bèipò / v. / to be forced, to be compelled

接手 jiēshǒu / v. / to take over

食谱 shípǔ / n. / recipe

压阵 yāzhèn / v. / to hold the line, to hold the fortress down

诅咒 zǔzhòu / v. & n. / to curse, curse

灵验 língyàn / v. / to be efficacious

果然 guǒrán / adv. / expectedly

命运 mìngyùn / n. / fate, destiny

1. 读台词，根据提示词语回答下面的问题。

   Read the dialogue and answer the following questions according to the phrases given.

(1) 妈妈说爸爸离开家的原因是什么？

   What does mother say is the reason why father has left?

   （ 任性　　厨艺　　毒咒　　偿还 ）

(2) 慕容优喜欢做厨师吗？为什么？

   Does Murong You enjoy working as a chef? Why?

   （ 盗版　　被迫　　抄袭 ）

(3) 慕容优的私房菜馆情况怎么样？

   How is Murong You's restaurant faring? Why?

   （ 生意　　助手　　食谱 ）

2. 讨论。

   Discuss.

   对妈妈做的饭，开始时慕容优是什么态度？后来变成什么态度？为什么？

   What is Murong You's initial attitude towards mother's dishes? How does her attitud evolve?

二 关于花心的看法
Views on playing the field

看一看 说一说
Watch and discuss.

(1) 范传佑因为傅薇和别的男人有了关系，很伤心，慕容优做了什么？
When Fan Chuanyou feels depressed because Fu Wei is seeing someone else, what does Murong You do?

(2) 在发生问题以后，范传佑和傅薇互相对对方的态度是什么？
After the problem, how do Fan Chuanyou and Fu Wei treat each other?

读一读 练一练
Read the dialogue and do the exercises below.

范传佑：我刚才对傅薇说，我问她："我们可不可以重新再开始？"	
慕容优：你真的那么喜欢她吗？	
范传佑：我也没想到。	
慕容优：那……那她怎么说啊？	
傅　薇：你记不记得蝎子与青蛙的故事啊？蝎子到了河边，它想要过河去，但是它不能下水，然后它见到了一只青蛙，它就问青蛙："你可以背我过河吗？"青蛙说："当然不行了，如果我背你，你就会攻击我。"蝎子说："不，我一定不会，如果我那样，我们两个都会死。"青蛙听到，就说"好"，于是答应了蝎子	蝎子　xiēzi / n. / scorpion 青蛙　qīngwā / n. / frog 攻击　gōngjī / v. / to attack

123

背它过河。在过河途中，蝎子就攻击青蛙。当它们沉进水的时候，青蛙就问蝎子："为什么？"蝎子回答："对不起，那是我的本性。"

范传佑：她说不想再伤害我这只青蛙，她相信恋爱不是两个人的事，绝对是一个人的事。

慕容优：我也有听她说过这个理论，不过我真的听不明白。

范传佑：我明白，我真的明白。你会在这个世界里面寻寻觅觅，寻寻觅觅地去找寻一个人，又希望能合乎自己的要求的条件，但这个世界上真的没有那么相配的，所以就把对方压扁了、搓圆了，希望对方改变来迁就自己。她说对这种爱情的游戏已经没什么兴趣，合则来，不合则去，潇潇洒洒地享受对方，才是最高境界。

慕容优：你不觉得她有些自私吗？

范传佑：是有点儿，但你认识她久了之后呢，她挺疼你，也很讲义气。

沉 chén / v. / to sink

本性 běnxìng / n. / nature

绝对 juéduì / adv. / absolutely

寻觅 xúnmì / v. / to search

相配 xiāngpèi / v. / to match
压扁 yābiǎn / v. / to flatten
搓圆 cuōyuán / v. / to roll into a ball
迁就 qiānjiù / v. / to humor

潇洒 xiāosǎ / adj. / carefree, unfettered
享受 xiǎngshòu / v. / to enjoy
境界 jìngjiè / n. / state of mind

疼 téng / v. / to pamper

1. 读台词，根据提示词语回答下面的问题。

Read the dialogue and answer the following questions according to the phrases given

（1）在傅薇看来，她为什么会喜欢不同的男人？她认为理想的恋爱应该是怎么样的？

In Fu Wei's opinion, why does she like different men? What does she think should be the ideal love?

（ 本性　　迁就　　潇洒　　享受 ）

（2）对傅薇的恋爱理论，范传佑和慕容优各自有什么看法？

What do Fan Chuanyou and Murong You each think of Fu Wei's theory of love?

（ 明白　　自私 ）

2．讨论。

Discuss.

"爱情不是两个人的事，绝对是一个人的事。"

Love does not take two. It is absolutely one person's business.

三 慕容优和范传佑
Murong You and Fan Chuanyou

看一看 说一说
Watch and discuss.

（1）慕容优和范传佑谈话时，她的感觉怎么样？
How does Murong You feel when she is talking to Fan Chuanyou?

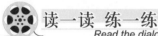
读一读 练一练
Read the dialogue and do the exercises below.

范传佑：知不知道我们为什么要分手？

慕容优：对哦，好像这么久以来我们从来没有正正式式、面对面地说过分手。

范传佑：因为我中学的时候，读书也好呀，运动也好呀，又做班长呀，又做学生会的会长呀，每个人都以为我是个风头人物，很爱玩。现在他们也以为我是见一个就喜欢一个的花花公子。

慕容优：说不定傅薇也跟你的想法一样呢，也许她以为跟你棋逢敌手呢。

范传佑：也许是吧。其实我只不过是个小男人罢了，一直以来我也希望找一个……找一个适

风头 fēngtou / n. / pacesetter	
花花公子 huāhuā gōngzǐ / n. / playboy	
棋逢敌手 qí féng dí shǒu / to meet one's match	
罢了 bà le / v. / used with 只，不过 etc. to emphasize mereness	

合我的、独立又自主的、有幽
默感的、跟我互补不足的，这
样会好一点。

慕容优：哇，你的眼光还挺高的嘛，小
男人。我想我现在终于明白你
为什么会跟我分手了，因为你
刚才想说的优点呢，我好像一
丁都没有。

范传佑：不是啊，你以前没有，现在都
有了，真的，现在全有了。

慕容优：我拜托你不要说这种话，我会
出事的，我真的会出事的。

范传佑：我错了，我错了。我也害怕
呀，怕床塌了、房子倒了什么
的。

慕容优：我们怎么会上车了？

范传佑：你看你看，每次跟你在一起都
是这个样子。

慕容优：这也赖我啊？

范传佑：不赖你，我赖谁啊？这是在哪
儿啊？

（画外音）

我从来没有试过和传佑那么开诚布
公地聊过天，也许，我们真的可以再做
朋友。于是我把我们慕容家欠下欧阳家
情债的诅咒告诉了他。

互补 hùbǔ / v. / to complement

眼光 yǎnguāng / n. / taste

一丁 yīdīng / (not) in the least

拜托 bàituō / v. / to beg, to bid, to pray (as
in "I prithee")

塌 tā / v. / to cave in, to collapse

赖 lài / v. / to blame

开诚布公 kāichéng bùgōng
/ adj. / candid

欠 qiàn / v. / to owe

---

1. 读台词，根据提示词语回答下面的问题。

   Read the dialogue and answer the following questions according to the phrases given.

   （1）从范传佑的话里，我们知道当初他和慕容优分手的原因是什么？

   From what Fan Chuanyou says, what can we infer is the reason why he has

   broken up with Murong You?

   （ 花花公子 小男人 独立 幽默 互补 害怕 ）

（2）从慕容优这方面，她和范传佑分手的原因是什么？

From Murong You's perspective, what is the reason she has broken up with Fan Chuanyou?

（ 优点　　诅咒 ）

2．讨论。

Discuss.

说说如果慕容优想跟范传佑在一起，她缺少的是什么？

If Murong You wants to be with Fan Chuanyou, what does she lack?

四 关于小可
Regarding Xiaoke

看一看 说一说
Watch and discuss.

(1) 开始的时候慕容优和谁在一起？小可在做什么？

In the beginning, who is Murong You with? What is Xiaoke doing?

(2) 后来慕容优和谁在一起？你觉得是为什么？

Who is Murong You with later on? What do you think is the reason?

读一读 练一练
Read the dialogue and do the exercises below.

范传佑：我自己觉得，我觉得小可是个
好男孩，你不要为这种事情给
搞砸了。几点了？你回去啦，
像这种没必要的误会你还搞什
么呀？

（画外音）

我的心叫我去，我的脑子劝我不要
去。到底去还是不去呢？

慕容优：刚才我们不是一直说吗？说到
了傅薇，又说到了你，又说到
了我，我才发觉，小可可能是
我们那么多人当中对爱情最执
着、最清晰、最有要求的人。
他常常要求百分之百的我，是
因为他首先会付出百分之百的
他给我。

范传佑：那你呢？你能不能给他百分之

| 搞砸 gǎozá / v. / to screw up |

| 劝 quàn / v. / to persuade |

| 发觉 fājué / v. / to realize |
| 执着 zhízhuó / adj. / persistent |
| 清晰 qīngxī / adj. / clear |

百呢?

慕容优：我不一定可以。最起码刚才在
居酒屋看到你走的时候，我就
一定不行。

范传佑：他知道吗？

慕容优：他知道，他知道我一直以来都
放不下以前的事情。

范传佑：那现在呢？其实最重要的就是
现在你能不能给他百分之百？

慕容优：你叫我怎么回答？连我自己都
没有答案！在我没有答案之前
我是不会回去找他的，我觉得
对他很不公平。可是我又不能
骗他，我又不能说我百分之百
地喜欢他，因为他一定会拆穿
我的。

起码 qǐmǎ / adv. / at least

答案 dá'àn / n. / answer

拆穿 chāichuān / v. / to expose, to
debunk

1. 读台词，根据提示词语回答下面的问题。
   Read the dialogue and answer the following questions according to the phrases given

   (1) 范传佑认为慕容优应该怎么做？
       What does Fan Chuanyou think Murong You should do?
       （ 误会　　搞砸 ）

   (2) 慕容优现在的心情怎么样？为什么？
       How does Murong You feel now?
       （ 付出　　公平　　骗 ）

2. 讨论。
   Discuss.

   在恋爱中，你更听从你的"心"，还是你的"脑子"？为什么？
   When in love, do you listen to your "heart" more, or to you "head" more? Why?

五 爸爸和妈妈
Father and Mother

看一看 说一说
Watch and discuss.

(1) 爸爸回家，一家人在一起吃饭，爸爸、妈妈、慕容优感觉怎么样？
When father returns home to dinner, how do father, mother, and Murong You each feel?

(2) 爸爸有没有留在家里？
Does father remain home?

读一读 练一练
Read the dialogue and do the exercises below.

妈 妈：吃一顿粗茶便饭吧，早知道你要回来，我就做满汉全席*了。	粗茶便饭 cūchá biànfàn / n. / a simple meal
爸 爸：我知道，我每次跑船回到香港的时候，你都会煮满汉全席等我的，我在楼下都闻到香味，我知道的。	
妈 妈：我知道，就是想看看你什么时候上来。	
爸 爸：现在不是上来了吗？来，吃饭。	
妈 妈：谢谢。	

（画外音）
　　原来我妈老在家里大摆筵席是为了等我爸回来。到今天我都不知道当初他

满汉全席：清朝皇帝为了满族和汉族官员和睦相处，把满族和汉族的名菜汇聚在一起，请满汉官员开几天几夜的筵席。满汉全席包含了当时南北最有代表性、最名贵的菜肴，后经过改革、发展，成为中国宫廷菜的代表。

们为什么分手，可是八年那么长的时间，一个在楼上拼命地做，一个在楼下拼命地闻，也不肯主动见面，我想那个心结一定很难解。此时此地，我才记得当晚的事，可能就是因为现在是我最需要有勇气的时候。

拼命 pīnmìng / v. / to work full throttle

主动 zhǔdòng / adv. / actively, willingly

心结 xīnjié / n. / psychological complex

勇气 yǒngqì / n. / courage

爸　爸：女儿，做人要有信心，要有勇气，想做什么，尽管去做，不然将来会后悔的，知道吗？我走了。

信心 xìnxīn / n. / confidence

尽管 jìnguǎn / conj. / although

不然 bùrán / conj. / otherwise

后悔 hòuhuǐ / v. / to regret

（画外音）

爸还说下次回来就会留下不走了。我之所以长时间把这段回忆删除，我想大概是因为我爸从此也没再回来过。是因为他改变了主意，还是他跑的那条船遇难沉了，我就不得而知了。

回忆 huíyì / n. / memory

删除 shānchú / v. / to delete

遇难 yùnàn / v. / to have an accident

不得而知 bùdé ér zhī / v. / to have no way of knowing

1. 读台词，根据提示词语回答下面的问题。

   Read the dialogue and answer the following questions according to the phrases given

   (1) 妈妈以前总是做好吃的，原因是什么？

   Why did mother used to make delicious food all the time?

   （等　主动　心结）

   (2) 爸爸对女儿的希望是什么？

   What is father's expectations of his daughter?

   （信心　勇气　尽管　后悔）

（3）慕容优对爸爸回来这件事有什么印象？爸爸后来去了哪里？

What recollections does Murong You have of father returning? What does father go afterwards?

（删除　不得而知）

2. 编剧本。

Script writing.

请你想象一下爸爸、妈妈分手的原因，编写一段短剧，大家在班里表演，并评选"最佳编剧奖"和"最佳表演奖"。

Consider why mother and father might have separated. Write a short script and act it out. The class is to collectively vote on Best Script and Best Performance awards.

六 慕容优的话
Murong You's Monologue

看一看 说一说
Watch and discuss.

（1）慕容优说完话做了什么？

What does Murong You do after the monologue?

读一读 练一练
Read the dialogue and do the exercises below.

慕容优：其实一直以来，我都不是那么喜欢自己做菜的，我记得我小的时候我还曾经得过厌食症呢。至于现在经营的私房菜馆，对于我来说也只不过好像一份工作而已，直到今晚参加这个比赛，我终于发现到，原来做菜就好像一直以来我追求爱情的感觉一样，我最需要的原来就是一份幸福的感觉。刚才我在比赛里面，我一面煮菜，而我的心却一直在想着一个人，而我也是第一次感受得到那种幸福和快乐的感觉。我相信我已经明白到厨艺和恋爱的真正的意义在哪里了，就是用心。我知道我可能不是一个最

至于 zhìyú / prep. / as to

经营 jīngyíng / v. / to manage

而已 éryǐ / adv. / nothing more, no more than

终于 zhōngyú / adv. / finally

追求 zhuīqiú / v. / to pursue

幸福 xìngfú / n. / happiness

意义 yìyì / n. / meaning, significance

用心 yòngxīn / v. / to devote oneself to

好或者是最出色的厨师，可是我很希望每一个朋友在吃我的菜的时候，都能吃得出那份幸福和快乐。至于今天晚上这个比赛，赢或输已经不再重要了，因为今天晚上我找到了一样更重要的东西，而且恋爱是不应该分胜负的。今天晚上，我……我很想感谢一个人。谢谢你呀。

出色 chūsè / adj. / excellent

胜负 shèngfù / n. / result (of a contest)

1. 读台词，根据提示词语回答下面的问题。
   Read the dialogue and answer the following questions according to the phrases given.

   (1) 慕容优在比赛中明白了厨艺和爱情的意义，最重要的是什么？
       What is the most important thing in Murong You's realization of the meaning of love and the culinary art through the competition?

       （ 用心　　幸福　　胜负 ）

2. 编剧本。
   Script writing.

   电影的最后，慕容优说："我现在很肯定，骗得我最厉害的是我妈，所谓的诅咒是用来掩饰她婚姻失败吧？不过爱情和人生都一样，可以是魔幻，也可以是诅咒。一切事都要看你自己了。"说说你对这段话的看法。

   At the end of the movie, Murong You says, "我现在很肯定，骗得我最厉害的是我妈，所谓的诅咒是用来掩饰她婚姻失败吧？不过爱情和人生都一样，可以是魔幻，也可以是诅咒。一切事都要看你自己了。" How do you interpret this claim?

泛视听练习
Extensive Practice

1. 请看电影片段讨论和回答下面的问题。

   Watch selected parts of the movie and discuss the following questions.

   （1）慕容优和前男友范传佑互相感觉怎么样？

   How do Murong You and her ex-boyfriend Fan Chuanyou feel about each other?

   （2）他们在交往时发生过什么意外？

   What accident do they encounter when they are dating?

   （3）你觉得他们两个人是为了什么不常见面了？

   Why do you feel the two no longer see each other as often as they used to?

扩展阅读
Reading Exercise

1. 请读下面的台词，说说你的看法。

   Read the following lines, and give your opinions.

   （1）一次算意外，但接二连三，就是天意。　　——慕容优

   （2）你可以说我风流，但是我从来没骗过别人的感情，如果说爱，我只爱我的老婆。　　——慕容优的闺蜜紫葵的男友

   （3）假如放不开的话就不要放，真的，谁在乎呢？用不着怕，阿优，我支持你，你绝对有权力折磨你自己。　　——傅　薇

（4）我有你们这些朋友，我不需要别的敌人了。　　——慕容优

（5）爱情这种事，只要你肯踏出一步，就是另外一番天地了，不是你自己躲起来数手指算出来的。　　　　　　　　　　——傅　薇

（6）我相信我们每一个人都应该把每一件事情当做是一种挑战，一个全新的挑战，不然的话，每天做相同的事情，起床、吃饭、睡觉……有什么意思？　　　　　　　　　　　　　　　　　——傅　薇

语言练习
Vocabulary Exercise

1．把左边的词语和右边的词语搭配起来。
Match the words in the left column with the appropriate words on the right.

（1）歧视		a. 债务
（2）享受		b. 家庭
（3）设计		c. 童年
（4）拆穿		d. 妇女
（5）被迫		e. 服装
（6）偿还		f. 离开
（7）抛弃		g. 生活
（8）回忆		h. 谎言

2．选词填空。
Fill in the blanks with the given words.

接手　抄袭　内疚　拼命　迁就　晋升　拜托　主动

（1）B 公司已经先推出了他们的秋季广告，设计和我们的一样，我怀疑他们_____。

（2）祝贺你 _____ 为公司的市场部经理。

（3）大家误会你，都是因为我，我心里觉得非常 _____ 。

（4）欢迎你来我们办公室，这是你的同事小林，希望你尽快 _____ 这里的工作。

（5）这是他的错，你不要总是 _____ 他。

（6）这件事就 _____ 你帮忙了，我先谢谢你。

（7）这是你的不对，你应该 _____ 向他道歉。

（8）这个星期工作多，每天都要 _____ 加班，我快累死了。

3. 用指定的词语完成下面的句子或对话。

Complete the following sentences and dialogues with the phrases given.

（1）A：你看到我的书包了吗？

B：_____。（明明）

（2）A：昨天的天气预报说得真没错。

B：是啊，_____。（果然）

（3）A：你看那件衣服要多少钱？

B：_____。（起码）

（4）A：我刚来这里，以后有什么不明白的事还要常常向你请教。

B：_____。（尽管）

（5）A：你看我们是坐地铁呢还是开车去呢？

B：_____。（不然）